소심한 가오리도 창업합니다

소심한 가오리도 창업합니다

창디 지음

마인드빌딩

프롤로그

평범한 사람의 보통 창업 이야기

평범한 사람의 '보통 창업' 이야기를 쓰고 싶었습니다. 그러니까, 멋지고 화려한 드라마 같은 창업 신화가 아닌 찌질하고 마음 여린 사람이 헷갈리고 방황하는 현실적인 이야기 말이죠.

물론 영웅 같은 사업가들, 똑똑한 CEO들, 카리스마 있고 강인한 리더들의 스토리는 참 매력적입니다. 그런 분들이 이뤄낸 것들을 듣다 보면, 나도 그렇게 하고 싶다는 생각이 들기도 합니다.

하지만 문제가 있습니다. 바로 제가 평범한 사람이라는 것이죠. 사업을 하면서 성공하려면 죽도록 열심히 하고, 힘든 것을 티 내지 말라는 말을 참 많이 들었습니다. 그렇게 평범한 저는 스스로를 더욱 채찍질하고, 목숨 바쳐 일하고, 힘들어도 견뎠습니다.

그 결과, 번아웃과 동시에 찾아온 공황장애로 인해 참 힘든 시간을 보내야 했죠. 죽을 만큼 일하면 죽을 수도 있겠다는 생각이 절로 들더라고요. 최선을 다했을 뿐인데, 뭔가 이상하다는 생각이 들었습니다.

그때의 저는 솔직한 창업 이야기를 나눌 사람이 없었어요. 저 말고 다른 사업가들은 모두 잘 지내는 것만 같았습니다. '나만 힘든가? 내가 이상한가?' 그렇게 자책하며 한참을 보내야 했지요.

깊은 슬럼프를 지나면서, 저는 여러 사람의 도움으로 천천히 회복할 수 있었어요. 그 과정에서 제 이야기를 세상에 내보이고 싶다는 생각을 하게 되었습니다. 과거의 저처럼 고민하고 있을 평범한 사람들에게 말이죠.

당신은 이상한 게 아니라고. 충분히 힘들 수 있고 그런 감정을 느끼는 건 정상이라고 말해주고 싶었어요. 그러니,

이젠 자책을 멈추고 건강하게 사업하자고.

이제 뛰어난 사람들만 창업하는 시대는 끝났다고 생각합니다. IT 기술의 발전과 플랫폼의 등장으로 평범한 개인도 충분히 창업할 수 있는 시대가 되었죠.

월 천만 원 달성! 무자본 창업! 온라인 건물주!

많은 SNS에서 창업에 대해 이야기하고, 또 많은 분들이 창업에 도전하고 있습니다. 수많은 사업 성공 사례와 돈 버는 방법에 대한 정보들도 넘쳐나고 있구요.

창업에 긍정적인 사람으로서, 이런 상황이 반갑기도 합니다. 하지만 그에 비해 창업을 하며 겪는 여러 가지 심리적 변화들에 대해 솔직하게 이야기 나눌 수 있는 공간이 부족하다는 생각이 들었습니다.

그냥 '난 이렇다'라고 말하는 그런 편안한 곳 말이지요. 이 책으로 그런 보통의 마음들을 나눌 수 있었으면 합니다.

창업이라는 환상을 한 겹 걷어냈더니, 그 안에 저라는 사람의 모든 희로애락이 담겨 있더라고요. 창업하는 동안 기쁘고 화나고 사랑하고 즐거웠던 평범한 사람의 창업 이야기를 만화로 정리해보았습니다.

저의 이야기가 누군가에게 도움이 될 수 있다면 참 좋겠습니다. 이 책을 보시는 분들이 건강하게 사업하실 수 있기를 늘 응원할게요.

이 책을 펼친 당신에게

창업을 경험해 보셨나요?
가오리
혹시... 자꾸만 한숨과 눈물이 나오고...
어휴 어휴
죽겠네
쿵-쿵-
매일 지끈지끈 머리가 자주 아파오고...
찌릿 찌릿
아이고 두야...
잠을 자는 것이 점점더 어려워지고...
멀뚱 멀뚱
자야하는데
다들 잘하고 있는데 나만 뒤처지는 것 같고..
내가 이상한가? 그런생각이 드신다면...
주저앉고 싶다...
후들 후들

...평범한 사람의 보통창업 이야기가...
스윽—
?
당신에게 필요할거예요.
가오리?
참고 견디면서 괴롭게 창업하는건 멈춰요, 우리
으쌰—
덜 힘들고 건강하게 창업할 수 있어요.
?
상처
반창고
여기 평범한 사람의 10년간의 창업 여정을 당신을 위해 준비했어요.
!
슬쩍—
당신은 분명 이 이야기를 통해 저자를 뛰어넘는 자신만의 방법을 찾으실 수 있을거예요.
지—
잉—
아.....
고맙습니다

등장 캐릭터 소개

아기 가오리

아기처럼 여린 마음을 가진 가오리. 그림 그리는 것을 좋아한다. 어쩌다 보니 창업에 재미를 느껴 시작했지만, 그 과정에서 기쁨과 슬픔, 좌절과 성장을 겪는다. 창업하는 이들에게 도움이 되길 바라는 마음에 이 책을 쓰게 됐다.

오징어 남편

이야기를 잘 들어주는 가오리의 남편. 마음속 어딘가에 창업을 향한 은은한 관심이 있다. 그래서인지, 가오리에게 창업에 관련된 질문을 많이 한다. 평소 침착하고 평온한 편이라서, 마음이 여린 가오리를 잘 챙겨준다.

문어 동생

가오리의 동생이자 열정적이고 끼가 많은 행동파. 창업에 대한 꿈에 부풀어 있지만, 한편으로는 두려운 마음도 크다. 무엇이든 도전해보고 싶지만, 크게 실패할까 봐 걱정도 된다. 창업 경험이 있는 누나 가오리에게 이런저런 조언을 듣는다.

차례

2장 망하고 접고 실패하고

3장

무의식적 환상 부수기

4장 마음을 단단하게

5장 두려움을 낮춰볼까?

6장 가벼운 시작이 만드는 여유

7장 지속 가능한 창업을 위하여

에필로그 **비하인드 스토리**

1장

내가 살고 싶은 대로

나 같은 사람도 창업할 수 있다

내가 창업 이야기를 하는 이유 ^^
반가워요
가오리
저는 창업고수가 아니에요
아직도 맨날
공부중인걸요.
창업
마케팅
세일즈
열심히 살아야 한다고 해서 열심히는 살았는데.
노오력 하라길래..
여전히 마음은 자주 불안하고 소심한 성격이기도 해요.
소심 소심..
창업을 한다고 하니까 주변에서 무시하기도 했어요.
완전 나댄다;;
니가 잘할것 같아?
창업을 하고는 싶은데.. 외롭고 막막하고 불안했죠
창업의 길
이길이 맞나..?

20대 내내 흔들리며
창업(+취업)을 경험했어요.
그리고 알게되었어요.
나같은사람도
창업할수
있구나!!
세상이 시키는대로 살아온
착하고 마음여린 당신도.
할일
from
세상
충분히 할 수 있다고
말해주고 싶었어요.
welcome★

여린 마음 때문에 매사 소심했던 어린 시절을 지나, 저는 1인 창업가로 성장했습니다. 이제는 세상이 어떻게 바라보든 누구나 자기가 하고 싶은 일을 할 수 있다는 사실을 알게 되었어요.

창업할 때도 마찬가지입니다. 사회의 시선에서 벗어나서, 나는 나만의 색깔대로 창업을 하면 되는 것이더라고요.

트라우마는 나를 막지 못해

저는 왕따를 꽤
오랜시간 당했어요.
어린 가오리
덜덜
도와주는 사람도 없었고
도움을 요청할 용기도 없었죠
부모님은 너무 엄하셔서
말할 수 없었구요.
우리 딸 엇나가면 안돼
그림 좀 그만 그려!!
주동자는 A & B
2명이었어요
A
B
A의 갑작스러운 자살
B의 사범대 진학...
우와.. 혼란스러워...
인생이 원래 이런거니!
저는 삶을 견디는게
너무 버거웠어요...
...
삶

죽을까도 생각했어요.
그런데 너무 무섭더라구요
떨어지면
아프겠지?
고딩가오리
어차피 무서워서 죽지도 못할거라면.. 살자...
필사적으로 행복해지자.
디자인
멘탈
그렇게 변화는 시작되었어요
봉사
창업
창업가로 사는지금.. 점점더 지속적으로 ♡ 행복해지고 있어요.
그때 살길 너무 잘했다
그뒤로 참.... 잘컸다

저는 트라우마 때문에 오랜 기간 사람을 두려워하며 자신감 없이 살았어요. 그럼에도 불구하고 트라우마는 제가 하고 싶은 것들을 막지 못했어요.

누구나 남들은 모르는 자신만의 트라우마가 있을 거예요. 하지만 그 트라우마가 내가 가고 싶은 길을 가로막지는 못한다고 생각해요. 아무도 예상하지 못하고, 기대하지 않았더라도 우리는 이뤄낼 수 있습니다.

창업과의 우연한 만남

첫창업은 어떻게 하게 된거야?
아..
오징어냥편
ㅋㅋㅋㅋㅋ 사실ㅋㅋ 진짜 별거 없었어ㅋ
가오리아재
20살, 우연한 기회로 나는 창업동아리에 들어갔어.
창업동아리 신입회원 모집☆
그런데 미션을 주더라고. 1주일동안 뭐든파는것!
동아리행사 뭐든판매하기
짜잔
그래서 나는 주먹밥을 팔기로 했어ㅋㅋ
한국인은 밥심!
왠지 잘될듯!
새벽부터 동아리방에서 열심히 주먹밥을 만들어 학교후문에서 팔았는데
←잘 못만듦

하나도 못팔았어
ㅋㅋㅋㅋㅋㅋ
어찌나 쪽팔리던지!!
어쓱
동아리 책상
인절미용 접시
근데 지나고 보니
가장 중요한 사실은,
실패해도 웃어넘길
정도만 투자했다는것.
김가루, 쌀, 참기름을 투자
했었지ㅋㅋ 내가 대출받아서
가게부터 차렸다면..
웃어넘기기 어려웠을거야.
그렇게 나는 창업을,
재미있게 시작했어ㅋㅋ
ㅋㅋㅋㅋ
창업 꿀잼!
지금 생각해도 웃김 ㅋㅋㅋ

저는 창업동아리를 통해 처음 창업을 접했어요. 부담감이 없으니 실패가 걱정되지도 않았어요. 주먹밥을 하나도 못 팔았지만 웃고 떠들며 좋은 추억이 되었습니다.

처음부터 재미있게 창업을 경험하니, 또 하고 싶다는 생각을 하게 되었어요. 성공하고 싶어서가 아니라, 재미있어서 창업의 길에 들어서게 된 것이죠. 그렇게 재미를 추구하며 창업을 계속 경험했더니 실력은 자연스럽게 늘더라고요.

실패하면 이런 일이 일어나

너는 창업 실패를 겪었을때 좌절하진 않았어?
음.. 나는...
어땠더라?
주먹밥판매
*배운점
확신을가지는 것은위험하군.
넥타이 판매
실패
*배운점
타겟에 대한 이해가 중요하군.
스트릿패션
그만둠
*배운점
재고관리의 어려움....
IT 플랫폼
접음
*배운점
규모있는 사업에대한 이해

오.. 실패가 많았구나.
응!
근데 지나고 보니까 실패를 통해 배운게 정말 많았어
그래서 나는.. 내 실패가 실패로 안느껴지는것 같아.
내게 실패는 배움이야!!

자전거를 처음 배울 때는 계속 넘어지게 됩니다. 한 번도 안 넘어지고 잘 타는 것은 불가능에 가깝습니다. 오히려 실력을 키우기 위해서는 몇 번 넘어져 보는 것도 필요하지요.

창업도 자전거 타기와 비슷한 것 같아요. 처음부터 잘 되는 건 불가능에 가깝습니다. 어떤 일이든 실패를 통해서 점점 잘하게 된다고 생각해요. 그러니까 처음 시작할 때는 실패해도 괜찮다는 말씀을 드리고 싶어요.

도전하고 실수하고 성장하고

창업을 하면 가장
좋은점은 뭐라고 생각해?
오징어남편
성 장
나도 창업을 할수록
계속 성장했더라구
upgrade~
처음에 넥타이 팔때
2장밖에 못팔았거든?
(주먹밥 때보단 나음ㅋ)
넥우룩..
그 이유가 마케팅의
개념을 몰라서 였어ㅋㅋ
넥타이
그냥 홈페이지만 만들고 기다림 ㅋㅋㅋ
아무리 좋은 제품도
아무도 모르면.. 아무도
안사더라고ㅋㅋㅋㅋㅋ
저기요~ ㅠ.ㅠ 아무도 없나요~
상품
외딴섬
마케팅없는 상품

그래서 스트릿패션 브랜드를 할땐 달랐지.
SNS 운영
댄스팀 콜라보
~MARKETING~
옷 생산할때 들어간 원금 회수도 했고..
알바비로 생산함
잘 팔았었어 나름~
(지금은 안하지만)
MUSINSA HIPHOPER 입점
이런식으로 창업을 할수록 성장하게 되는 것 같아
오오~
진짜네!
응!

창업을 하면서 막막한 적도 많았고, 실수도 많이 했어요. 넥타이를 팔 땐, 마케팅이 뭔지도 몰라서 그냥 홈페이지만 만들어놓고 기다렸어요. 우리 제품이 좋으니까, 알아서 입소문이 날 거라고 안일하게 생각했죠. 생각과 달리 넥타이는 단 두 장밖에 팔지 못했지만, 이 경험을 통해 저는 마케팅의 필요성을 피부로 느꼈어요. 그래서 다음에 창업할 때는 다르게 할 수 있었지요.

창업 후에도 취업할 수 있어

사실, 창업경험이 취업에도 도움이 되었어
오호~
오징어남편
가오리아내
근데, 창업과 취업은 완전결이 다른거 아냐?
나도 그런줄 알았지.
7년전 면접일
Q. 창업경험이 있네요?
면
접
관
A. 네. 창업을 통해서 비즈니스 감각을 키울 수 있었습니다.
대학생 가오리
Q. 그런데 왜 지금은 취업을 하려고하죠?
면
접
관
A. 사업을 하니 부족함을 많이 느꼈고 큰기업에서 제대로 배우고 싶습니다.

Q. 창업했을때 기억에 남는 경험을 말해보세요.
면
접
관
A. 넥타이를 팔면서 타겟고객, 마케팅의 중요성을 깨달았으며..
...(중략)
블라블라~
..그때 면접을 잘봐서 회사에 들어갔지..,ㅋㅋ
지금은
퇴사 했지만...
현재가오리
지금생각해보면, 창업경험이 취업에 도움이된 차별점이었어.
오올
운이 좋았지~

창업과 취업은 정반대의 길이라고 생각했는데, 막상 둘 다 경험해보니 비즈니스라는 측면에서 결이 같더라고요.

7년 전, 회사 면접 자리에서 저는 다른 지원자와의 차별점으로 창업 경험을 어필했어요. 대기업 취업을 위해 창업했던 것은 아니었는데, 도움이 됐다는 게 신기했어요. 이 일을 통해 무의미한 경험은 하나도 없다는 것을 새삼 느낄 수 있었습니다.

의외의 곳에서 도움이 된 창업

창업경험이 회사생활에도 영향을 끼쳤어?
?
회사
오징어 남편
응! 물론이지!
Sure!
why not?
가오리 아내
창업을 했을 때 뼈저리게 깨달은게
내 주력분야 말고도 정말 많은 것들이 필요하다는 거야.
디자인만 잘한다고 팔리는게 아니고..
예쁘기만 함..
코딩만 잘한다고 팔리는게 아니고
동작은 잘되겠지만..

요리만 잘한다고 팔리는게 아니고…
맛있기는 하겠지만..
수많은 분야의 적절한 조합이 곧 사업 이더라구
툭~ 툭~
세일즈
마케팅
CS
개발
운영
디자인
그래서 협업의 중요성을 많이 느꼈던것 같아. 디자인 외적인 일도 중요하다는 당연한 사실을 자주생각했어.
창업 = 비즈니스이해니까, 회사생활에도 큰도움이 된다고 생각해
적어도 난 그랬어 ㅋㅋ

창업이란 다양한 분야를 모두 경험하는 일입니다. 옷을 만들어서 판매한다면 고객 응대, 배송, 반품 처리, 공장 조사, 샘플 제작… 등 모든 과정을 직접 경험하게 됩니다. 이러한 과정을 거치면서, 한 가지 일을 완수하기 위해서는 다양한 분야와의 협업이 이루어진다는 것을 이해하게 되었습니다. 그리고 이 경험은 회사에 다니는 동안 큰 도움이 되었습니다.

그래서 왜 퇴사한 거야?

왜 S전자 퇴사하고 다시 창업한거야?
오징어 남편
가오리아내
나는.. 운이 좋게 지원을 받아서 창업 했지만..
끄덕끄덕
음..
그것보다.. 그때 창업을 다시 하지 않으면...
어차피 나중에 다시 창업할것 같았어 ㅋㅋㅋ
왠지 이길인듯..
어서와
창업의 길
올거잖아
왜냐하면, 세상이 변하는 모습을 보니까..
짜잔!
빠르게 바뀌는 세상
취직은 갈수록 더더 어려워질 것이고...
플랫폼
자동화
시스템
인공지능

하지만 우리는 100세 시대를 살아가고 있으니...
100세 가오리
회사는 나를 책임지지 않아
그래서 사실 창업경험은 필수라고 생각했거든
결국 우린 스스로.. 자생해야해
.. 그리고 ..
재미있고, 하고싶어서 했지뭐 ㅋㅋㅋㅋㅋㅋ
역시ㅋㅋ
별거없어~

"공부 열심히 해서 좋은 대학 가고, 대기업 들어가"라는 말. 저 역시도 그 말이 정답이라고 생각했고, 열심히 준비해서 대기업에 입사하게 되었습니다.

하지만 대기업 입사가 행복으로 이어지지는 않는다는 것을 깨달았습니다. 회사에서 살아남는 건 쉬운 일이 아니었거든요. 지금은 퇴사 후 창업하길 참 잘했다는 생각이 듭니다. 인생이 더 재미있어졌거든요!

“
아무도 예상하지 못하고,
기대하지 않았더라도
당신은 이뤄낼 수 있습니다.
”

창업, 가볍고
재미있을 수도
있지 뭐!
그렇네!
B
B
B
chicken

2장

망하고 접고 실패하고

나는 절대 실패 안 하지

나는 절대 실패 안하지!
음하하하..
라고 확신을 가졌던게 가장 큰 실패원인 이었어..
태세전환
머쓱~
왜 확신 했었어? 이유가 있었던 것 아냐?
창업을 하려는 사람은 그래야한다고 생각했어
창업가
=
확신
나는, 학교앞에 빵만 많으니까 주먹밥은 무조건 불티나게 팔릴거라 생각했어
...
*아니었음
그리고, 넥타이가 유행이라 넥타이 패키징을 잘하면 대박날거라고 생각했었어
...
*아니었음

등등.. 많은 흑역사가 주마등처럼 지나가네..
씁쓸..
다행인 점은... 나는 그땐 학생이라 돈이 전혀 없었다는 점이야
NO MONEY
확신에 찼는데 돈까지 있었으면 아마도 나는 투자를 많이 했을테고
많은 돈을 날리고서야 확신이 위험하단 것을 깨달았을 테니까...
그러네
좋은경험 이었어~

처음 창업할 때는 제가 선택한 아이템이 무조건 잘 팔릴 거라는 자신감이 있었어요. 하지만 예상과는 달리 제 아이템은 하나도 팔리지 않았고, 저는 자신감이 때로는 독이 될 수 있다는 깨달음을 얻게 되었습니다.

이후 저는 점점 제 아이템에 대한 확신을 잃었어요. 그런데 확신이 서지 않으니 오히려 리서치를 하게 되고, 겸손한 마음으로 고객의 의견을 경청하는 자세를 갖게 됐습니다.

첫 실패는, 하하하!

푸하하하하하
내가 실패하다니! 내 생각하곤 다르게 망했다!
아이고오
웃겨라~
... 첫 실패는 이렇게 그냥 웃어넘겨도 괜찮다고 생각해 나는.
오호, 왜 그렇게 생각해?
무엇이든 처음 시도하면 실패할 가능성이 높은데 그렇게 처음 실패했을때
처음 → 실패확률↑
웃어넘기면 별로 마음에 큰 데미지 없이 실패를 잘 받아들일 수 있더라구
실패해도 괜찮구나!
실패

첫실패를 좌절,슬픔,자책
과 같은 감정으로 채우는게 아닌
첫실패
좌절
슬픔
자책
즐거움, 웃김, 민망함과
같은 감정으로 채우는 것이지
첫실패
즐거움
웃김
민망
나는 그래서 그런지 오히려
첫 실패를 통해 재미있게
경험하고 배운 느낌이 들어
그러니까 내 말은, 실패가
웃겨야만 한다는게 아니라
첫 실패를 웃어넘기는것도 가능
하다는 이야기를 하고싶었어
실패
연습!

저는 실패를 연습하는 게 필요하다고 생각해요. 아픈 실패의 감정을 어떻게 받아들일지 미리 연습하는 것이죠.

여러 가지 방법이 있겠지만 저는 웃어넘기는 것도 괜찮은 방법이라고 생각해요. 처음으로 실패할 땐 더더욱이요. 실패를 한번 '힘든 일'이라고 인식하면, 극복하는 데에 많은 에너지가 들어가게 됩니다. 하지만 실패를 '웃긴 일'로 인식하면, 극복하는 데 큰 에너지가 들지 않더라고요.

실패 후에 해야 할 일

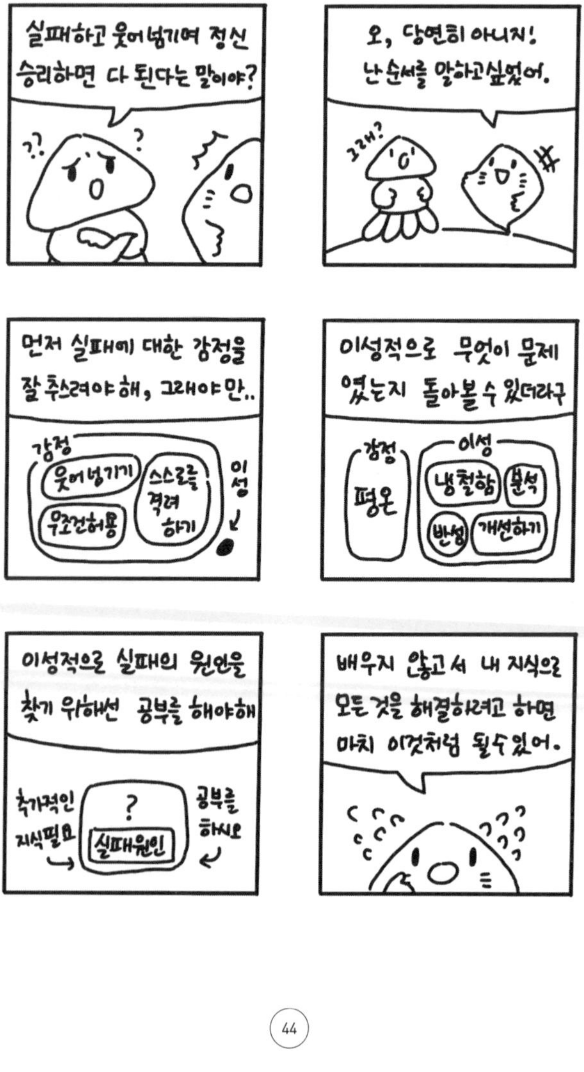

실패하고 웃어넘기며 정신 승리하면 다 된다는 말이야?
??
?
오, 당연히 아니지! 난 순서를 말하고싶었어.
그래?
먼저 실패에 대한 감정을 잘 추스려야 해, 그래야만..
감정
웃어넘기기
스스로를 격려하기
무조건허용
이성
이성적으로 무엇이 문제였는지 돌아볼 수 있더라구
감정
평온
이성
냉철함
분석
반성
개선하기
이성적으로 실패의 원인을 찾기 위해선 공부를 해야해
추가적인 지식필요
?
실패원인
공부를 하시오
배우지 않고서 내 지식으로 모든 것을 해결하려고 하면 마치 이것처럼 될수있어.

계란으로 바위치기!
사실은 나야말로 배움없이 노력으로 모든걸 해결하려 하는 편이었지... (하핫)
why?!
바위
이제는 실패하면 책이든 강의든 찾아서 공부하곤 해
!!!
바위를 깨려면 드릴이 필요함
*계란으로 택도없음.
내가 이래서 실패했구나! 를 알게 되는것도 재밌더라구.
드릴이 필요한 줄 몰랐네!

실패에 대한 감정을 추스르고 나면 저는 공부를 시작해요. 분명 잘될 것 같았는데 왜 실패했는지… 실패 원인을 찾기 위해서 공부하며 스스로의 모습을 돌아봅니다.

만약 마케팅 때문인 것 같다면, 마케팅 책을 사서 읽어보고 SNS 마케팅 강의도 찾아서 듣습니다. 이렇게 공부하다 보면 내가 왜 실패했는지 알게 되더라고요.

넥타이 판매… 망했네?

넥타이 팔다가 망한 얘기 좀 해줘. 궁금해!
왜 넥타이?
왜 망함?
흠흠.. 좋아! 내가 넥타이를 팔게된 이유부터 말할게
부끄~
바로바로~! 그당시 최고 유행이었기 때문이었지!
화려한 무늬의 넥타이
유행하던 시절이 있었어
유행이니까 패키징만 잘 하면 대박날거라 생각했어
친한언니랑 같이 시작
동대문 도매시장에서 넥타이를 떼다가 브랜딩을 하고, 상표도 만들었어
도매
선별 구매
브랜딩
방산시장에서 직접 돌아 다니면서 어렵게 패키지 생산처를 찾기도 했었어
사장님.. 저희 패키지.. 생산..
1000개 이하는 안해!!

홈페이지도 만들었었고
나름 결과물이 나쁘지않았어
홈페이지
알바비 털었음
하지만 판매 결과는?!
알다시피 잘 안팔렸지
하하..
지나고 보니, 두가지의
실패 요인이 있었어.
① 유행이라 아이템선정
② 마케팅을 전혀 안한것
그래서 난 이 실패를 통해
배우고, 그 다음 아이템을
선정해서 판매하게 돼.
좋아하는 아이템
+
마케팅

이게 유행이라서. 남들이 다 하니까.

그런 이유로 넥타이를 팔아야겠다고 생각했지만, 막상 저는 넥타이에 대해서 아는 게 하나도 없있어요. 심지어 어떻게 매는지도 몰랐으니, 넥타이를 잘 팔기엔 역부족이었죠. 게다가 마케팅에 대해서도 전혀 몰랐기 때문에 판매는 더더욱 어려웠습니다. 홈페이지에 덩그러니 넥타이 사진만 올려놨으니, 당연히도 결과는 대실패였습니다.

패션 브랜드로 반전 노리기

20대의 나는 정말 옷에 관심이 많았어
스트릿 패션
그래서 이번엔 옷을 팔아 보자고 결심했지
직접 디자인을 할 수 있으니 자체 브랜드를 만들었어.
지난번 실패로 이번엔 좋아하는 아이템을 골랐구나!! 마케팅은 어땠어?
이번엔 마케팅도 나름 신경을 썼지. 그 당시 내 주변엔 댄서가 많았어
그래서 유명댄스팀의 팀복을 만들어 주고 우리가 독점 판매를 하게 되었고
팀복
+
독점 판매

SNS 계정도 운영하며
댄서들이 우리 티셔츠를
입고 활동하는 것을 올렸어
그 팀이 잘되면 잘될수록
티셔츠는 더 많이 팔렸어
댄스팀이 잘되면
티셔츠 판매량↑
나중엔 무신사 에도
입점해서 판매했지
하지만 생각지못한
어려움을 겪게되었지

① 아이템을 선정할 땐 내가 잘 알고 좋아하는 것으로 선택할 것

② 마케팅은 필수로 할 것

넥타이 판매를 통해 배운 두 가지를 활용해 스트릿 패션 브랜드를 만들었어요. 댄스팀과 콜라보레이션해서 마케팅도 했지요. 어느 날 댄스 행사에 갔는데, 전혀 모르는 사람들이 제가 만든 옷을 입고 있더라고요! 그날은 정말 기분이 좋았죠. 하지만, 이 사업도 쉽지만은 않았어요.

소량 생산과 재고의 문제

적은예산으로 옷을 생산 하면 어떤일이 벌어 지는지 알아?
아니~ 모르지! 궁금해!
헤헷!. 알려줄게! 나는 돈이 별로 없어서 당연히 소량생산을 해야만했어
알바비
↑모은돈
대량생산X
소량생산O
하지만 소량으로 옷을생산 해주지 않는 공장이 많아서 하하.. 정말 많이 거절당했어
뭐? 50장? 우린 못해줘~
우리도 못해
그러다 생산처를 운좋게 찾았는데, 소량이다보니 단가가 많이 올라가더라구!! (당연)
50장? 해줄게~ 대신 비싸~
헉!! 감사합니다!
그러니까 다른 브랜드 옷 보다 더 비싸게 팔 수 밖에 없었어.. 정말로..
마진
단가차이
대량 생산
소량 생산

그런데도 남는 마진은 거의 없었지... (하핫)
그나마 번돈도 다음옷제작 투자
NEW
*월급으로 가져갈 돈도 없었음..
그리고 옷을 다 팔기까지 재고를 자취방에 보관을 했었는데 정말 힘들었어..
옷
너무 좁아..
그나마 옷은 유통기한이 없으니까 망정이지, 만약 음식이었다면... 끔찍하지
옷
음식
이런 여러가지 이유들로 나는 이 사업을 그만뒀어. 하지만 정말 많이 배웠어!
고정운

상품에는 크게 두 가지 종류가 있다고 생각해요.

① 형태가 있는 유형 상품

② 형태가 없는 무형 상품

옷을 판매하면서 유형 상품은 나랑 안 맞는다는 생각을 하게 되었어요. 이처럼, 사업을 하다 보면 어떤 상품이 내 성향과 더 맞는지 찾아가게 될 거예요.

스타트업을 하고 싶었어

무형의 서비스 중에서 나는 It 플랫폼을 만들고 싶었어
아, 저번에 유형의 상품을 판매해봐서 이번엔 무형의 상품에 도전하게 된거야?
!!
응!! 맞아!! 나는 그렇게 It 스타트업을 하게 돼
APP
+
Web Site
플랫폼 서비스를 만들면 사람들을 연결해주고 돈을 벌수있겠다 생각했어
플랫폼
수요자
(수수료)
공급자
머리속에선 쉬웠는데... 막상 It 플랫폼을 실제로 만들어내는건 너무 어려웠어
라면
라면
심지어 훌륭한 개발자 분들과 함께했는데도, 현실의 벽은 너무 높았어
힘들었지..

일단, 플랫폼은 모객이 2배로 힘들더라고...
여러 부운~
수요자와 공급자 둘 다 충분해야 그들 사이에서 거래가 일어나기 때문이지
썰렁~
플랫폼
앱부터 웹사이트까지 다 만들면서 유저와 고객을 동시에 모객하는 일은 정말 정말 정말.. 어려웠어..
과로
번아웃
나는 투자를 받았으니 버텼지만, 아니었다면 6개월도 버티기 어려웠을거야...
깔림

저는 베타테스터와 기업을 연결해주는 서비스를 구상했어요. 기업에서 근무 당시 베타 테스트를 진행할 때마다 적합한 사람을 찾는 게 정말 어려웠거든요. 이 이이디어로 투자도 받고, 각종 지원사업도 따냈어요.

그렇지만 플랫폼을 만드는 과정은 가시밭길 같았어요. 특히 디자인을 베이스로 업무를 해온 저에게, 플랫폼 모객은 너무 난이도가 높았어요.

스타트업을 접게 된 이유

투자를 받아서 법인으로 사업을 운영한다는 것은..
개인 사업자
법인 사업자
많은 시간을 세무와 행정에 들여야 한다는 소리더라구.
오오..
또한 스타트업팀으로 함께 일했기 때문에 사무실이 필요해서 지원사업을 땄지
사무실 지원 사업!
office
경쟁률 높음!
하지만 1년에 한번씩 지원을 따내고, 이사하는건 생각보다 많은 에너지가 들더라
일하기도 바쁜데..
달력
또이사준비 해야해!
팀으로 일했으니 사람들도 잘 신경써줘야 했는데..
좋은대표가 되고 말거야
채용부터 교육까지...
정말 많은 시간과 에너지를 들여야 하는 일이었어..
할일
인사 업무
TOT
죽겠다
살려줘

여러 사람과 함께 일하니 인건비도 만만치 않았지
월에 수천만원을 벌어도 인건비 나가면 남는게 없었어
법인통장
하아…
여러가지 환경적 요인과 사업규모에서 오는 부담감, 나의 건강악화로… 결국 스타트업은 접게 되었지..
The.. end..
하지만 지금까지 했던 사업중에 가장 커다랗고 깊은 배움들을 남겨 줬어
정말 힘들었지만
소중한 경험

안심하고 일할 수 있는 사무실, 다른 곳보다 더 좋은 복지와 연봉, 수평적인 관계와 발전적인 사내문화, 획기적인 운영 시스템….

좋은 회사를 만들기 위해선 신경 써야 할 게 참 많았어요. 함께 일하는 사람들과의 좋은 관계만으로 회사가 유지되는 것은 아니더라고요. 오랜 고민 끝에 회사 문을 닫았지만, 저는 이 또한 실패가 아닌 성장이라고 생각합니다.

“사업은 내 성향을
찾아가는 과정 중 하나이다.”

Market
슬프고 힘들지?
울어도 돼.
시도했던 네가 정말 멋있어.
실패는 멋진 일이야 그건 시도한 사람만이 경험할 수 있잖아.
BOX

3장

무의식적 환상 부수기

제2의 에어비앤비를 만들 거야

아~ 나도 배민같은 회사를 만들어야지!
문어 동생
문어야, 배민같은 회사가 어떤거야?
오오~
가오리 누나
100만 다운로드 앱이 있고, 전국민이 다 아는 그런 크고 멋진 회사!
규모가 큰 회사를 만들고 싶구나, 왜 그러고 싶어?
창업을 하려면, 그정도 꿈은 가지라고 하더라구~
가즈아~
공감된다. 나도 예전엔 그런생각을 했었어.

큰 규모의 스타트업을
만들고 싶어서 무리했지
으어~
HR
영업
정부지원
투자
IR
앱
살려줘~
깔림→
그런데 지나고보니, 나는
큰규모의 회사를 키우기 보다
작은규모의 사업을 자유롭게
하는게 더 성향에
잘 맞더라구..
내가 하고싶은 말은...
규모가 큰사업이든, 작은 사업
이든, 너의선택이란 점이야
Coffee
꼬옥
세상이 만든 환상보단
너의 마음과 성향을
따라가길 응원해♡
ㅇㅋㄷㅋ
짠~
이미 잘하고 있잖아~

예전에 저는 큰 규모의 사업만 옳다는 편견이 있었어요. 하지만 투자를 받으며 규모를 키워갈수록 '과연 규모를 키우는 것만이 정답일까?' 싶은 위화감이 들었죠.

오랜 물음 끝에 큰 규모의 사업은 나와 안 맞는다는 결론을 내리고 1인 기업으로 전환했어요. 지금은 훨씬 더 행복하게 사업하고 있습니다. 그러니, 사회에서 정답이라고 말하는 그 방향을 거슬러도 괜찮다고 말하고 싶어요.

세상에 없던 아이템을 만들 거야

나는, 세상에 없던 혁신적인 아이템을 만들거야!
당 당
문어동생
문어야, 왜 세상에 없는 아이템을 만들고 싶은 거야?
궁금~
궁금~
가오리누나
그래야 잘 팔리지 않을까?
나 지금...
진지하다
꼭 그렇지만은 않아. 오히려 기존에 잘 팔리던 아이템을 살짝 개선했을 때 가장 잘 팔린대
오잉!! 그렇구나.. 세상에 없던 아이템이 무조건 좋은건 아니구나!!
당 황
맞아, 하지만 나도 한때 똑같이 생각했었어.. 세상에 없던 아이템을 만들었었지..
(아련)

하지만 결국 잘안됐어.
그 경험으로 느낀게 있지.
인공 지능
APP
플랫폼
자연어 분석
혁신적 아이템
아이템보다,
사람이 중요하다!
item
사람
사업은 물물교환 이니까
사람들이 원하는 것을 줘야해
이거 원하시죠?
아닌데요
원하잖아요~
item
아니라구요!
어떤 [아이템] 인지 보다,
그것을 통해 사람들이
[원하는것을 줄수있는가]가
훨씬 중요하다고 생각해.
글쿠나

세상에 없는 혁신적인 아이템을 만들어야 한다는 환상이 있던 저는 정말 새롭고 유니크한 아이템을 만들려고 했어요. 그런데 막상 해보니 세상에 없던 이이뎀이 무조건 성공하지는 않는다는 것을 깨달았어요. 사람들의 니즈를 충족시켜줄 수 있는 아이템이라면 세상에 있든 없든 사실 큰 상관은 없더라고요. 이제는 알아요. 세상에 없는 아이템보다 중요한 것은 사람들에게 필요한 아이템이라는 사실을요.

사업에는 역시 앱이 있어야 해

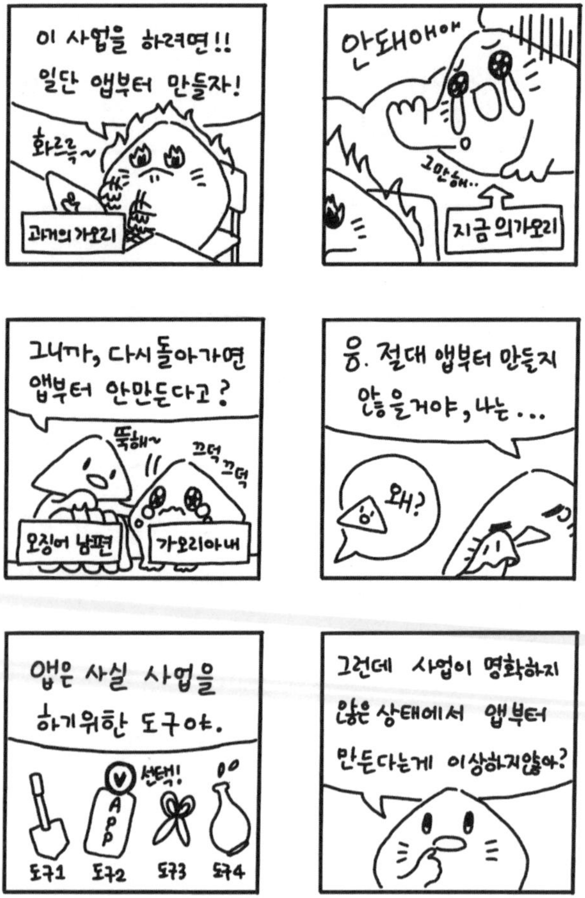
이 사업을 하려면!!
일단 앱부터 만들자!
화르륵~
과거의 가오리
안돼애애
그만해..
지금의 가오리
그니까, 다시 돌아가면 앱부터 안 만든다고?
끄덕 끄덕
오징어 남편
가오리 아내
응. 절대 앱부터 만들지 않을거야, 나는...
왜?
앱은 사실 사업을 하기위한 도구야.
선택!
APP
도구1
도구2
도구3
도구4
그런데 사업이 명확하지 않은 상태에서 앱부터 만든다는게 이상하지않아?

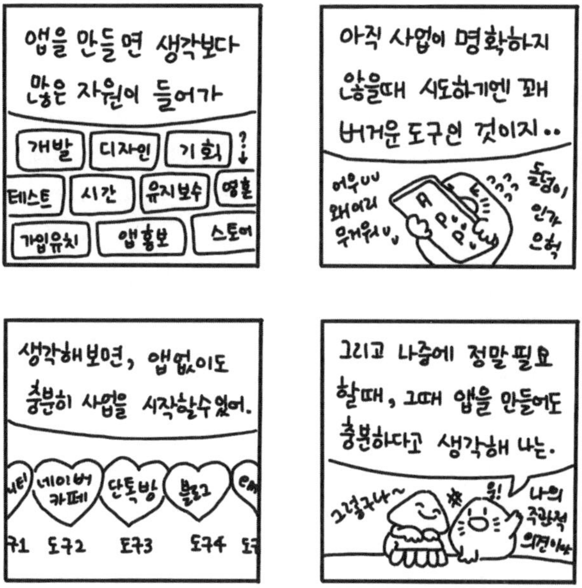
앱을 만들면 생각보다 많은 자원이 들어가
개발
디자인
기획
?
테스트
시간
유지보수
영혼
가입유치
앱홍보
스토어
아직 사업이 명확하지 않을때 시도하기엔 꽤 버거운 도구인 것이지..
어우ㅜㅜ 왜이리 무거워ㅜㅜ
APP
돌덩이 인가 운석
생각해보면, 앱없이도 충분히 사업을 시작할수있어.
네이버 카페
단톡방
블로그
도구2
도구3
도구4
그리고 나중에 정말 필요할때, 그때 앱을 만들어도 충분하다고 생각해 나는.
그렇구나~
응!
나의 주관적 의견이얌

잘나가는 기업은 다 앱 하나씩 있으니까, 저 또한 사업을 시작하기 전에 일단 앱부터 만들어야 한다고 생각했어요. 앱을 만들기 위해 정말 많은 노력을 기울였는데, 막상 출시하고 나니 마케팅 난이도가 꽤 높은 수단이라는 것을 알게 되었습니다. 결국 앱을 필수로 만들어야 한다는 것도 하나의 환상이더라고요.

한방에 많은 돈을 벌 수 있을 거야

한번의 대박으로 (예: exit)
돈을 왕창 벌어서 …
FLEX
*과거 가오리의 생각
예쁜 바다가 있는 휴양지에서
남은 인생을 보내야지.
*과거 가오리의 생각
… 라고 생각했는데
ㅋ
지금의 가오리
그렇게 한방에 많은
돈이 벌어지진 않더라구
머쓱
오징어남편
가오리 아내
그럼 창업으로 한방에
돈은 벌 수 없는거야?
창업은 돈벌려고
하는거 아냐?
실력이 쌓이면 벌수있지!
창업은 꽤 정직한 활동이거든
가즈아~
실력

내 생각에 창업은 도박이 아닌, 자전거타기에 가까워
꾸준히 자전거를 타면서 실력을 키워야 잘 타게되지
이론 공부
실행 &경험
그리고 위험한 점도 있어! 일확천금을 생각 할수록 무리한 투자를 하기 쉽다는것!
DANGER
그래서 난 실력을 쌓아서 천천히 부자가 되기로 했어
그래
조급하지말자
짠!
응!!

한방에 많은 돈을 벌고 싶었던 저는 투자와 지원을 받고, 여러 사람을 고용해서 밤낮없이 일했어요. 몸도 마음도 다 뒷전이었지요. 그렇게 했던 이유는, 나중에 큰돈으로 지금의 고생을 보상받을 수 있으리라는 기대 심리 때문이었어요.

그러나 공황장애를 겪은 후엔 바뀌었습니다. 조금 느리지만 꾸준하게 저의 그릇을 키워가다 보면 '진짜' 부자가 되었을 때도 안정적이고 행복하게 살 수 있다고 믿어요.

죽도록 열심히 하면 다 잘될 거야

나는 창업을 하면,
이 한몸 불태울거야
문어동생
오.. 왜 그렇게 하려고
마음을 먹게 된거야?
따듯
가오리누나
음...? 뭐든 열심히하면
좋으니까? 아.. 아마도?
나는 불도저처럼
미친듯이 사업을 했었어.
부아앙
다 밀어부쳐!
*과거회상
그런데, 열심히 한다고
무조건 사업이 잘되는건
아니더라구.. 하핫
머쓱
사업은 물물교환 이니까
고객에게 필요한걸 줘야해
나 이거 필요했어!

즉, 아무리 열심히 노력해도
상대방에게 필요가 없다면
그 상품은 팔리지 않는거지
오홍
포인트는 [열심히] 보단
[고객에 대한 관심] 이야.
나
열심히
고객에
대한
관심
그리고 너무 열심히 하면
초장부터 지치더라구..
번아웃
ㄷㄷ
*내사업하다
번아웃오는경우
참많습니다..
그러니까, 누나 말은..
완급조절과 고객관찰이
중요하다는 말이군!!
정리
오! 맞아!

저는 열심히만 하면 다 잘될 거라고 생각했어요. 그래서 브레이크가 고장 난 자동차처럼 열심히 살았죠. 그러다가 번아웃이 왔고, 간신히 회복했습니다. 내가 하고 싶은 사업을 하면서 번아웃이 올 줄은 꿈에도 몰랐어요.

이제는 무작정 열심히 하기보다는, 적당히 힘을 빼고 고객의 반응에 더 귀를 기울입니다. 혼자 열심히만 해서는 사람들에게 필요한 물건이 무엇인지 알 수 없으니까요.

사업만 잘되면 무조건 행복하지

사업이 잘되면 엄청 행복하겠지?
운전중
오징어 남편
음.. 무조건 행복해지지는 않는것 같아..
가오리 아내
예전에 회사를 운영하며 잘나가는 대표님들을 많이 만날 수 있었어.
네트워킹
멘토링
지인 소개
그런데, 만나보면 행복한 사람이 그렇게 많이있지는 않더라구
아자!
겉모습
속마음
힘들다...
CEO
집에가는 차에서 혼자 운다는분도 많았고
엉엉엉
공황장애를 겪고있는 CEO들도 정말 많더라구
정신질환
우울증
공황장애

그럼 사업은 잘되도 불행하고,
잘안되도 힘들다는 얘기야?
?!
그렇다기 보다, 사업의 성공과
개인의 행복은 별개라는 거지
사업 성공
따로따로 챙기기!!
개인 행복
그래서, 사업이 잘되면 무조건
행복할 것이라는 막연한
기대를 가지면 힘들 수 있어
기대↑
실망ㅠ
난 사업은 사업대로 잘하고,
내 행복은 스스로 잘 챙기는
행복한 창업가로 살거야
멋진데!?

사업을 하면서 각 회사의 대표님들을 많이 만나 봤지만, 생각보다 행복하지 않은 분들이 많은 걸 알고 깜짝 놀랐어요.

요즘의 저는 매 순간을 행복하게 보내려고 노력합니다. 가끔 미래를 위해 현재의 행복을 조금 내려놓을 때도 있지만, 너무 많이 내려놓지는 않으려고요. 저는 행복한 창업가로 살아가고 싶거든요.

건강은 나중에 챙기면 돼

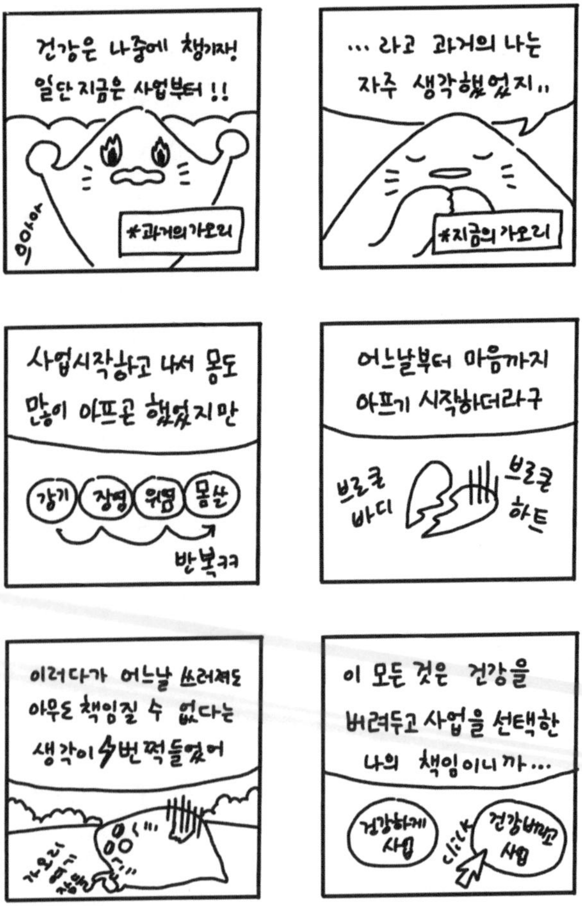

건강은 나중에 챙기자!
일단 지금은 사업부터 !!
*과거의 가오리
... 라고 과거의 나는
자주 생각했었지..
*지금의 가오리
사업시작하고 나서 몸도
많이 아프곤 했었지만
감기
장염
위염
몸살
반복ㅋㅋ
어느날부터 마음까지
아프기 시작하더라구
브로큰 바디
브로큰 하트
이러다가 어느날 쓰러져도
아무도 책임질 수 없다는
생각이 번쩍들었어
이 모든 것은 건강을
버려두고 사업을 선택한
나의 책임이니까...
건강하게 사업
건강버리고 사업

흠.. 사업을 하면 건강이 나빠질수 있단거야?
트레이드 오프?
오징어 남편
아니, 그렇다기 보다는 사업이 잘되면 막연히 건강도 좋아지는게 아니라
가오리아내
평소 건강도 잘챙기며 사업하는게 좋다는거지.
건강악화로 사업접음
결국우리가 사업을 하는 이유는 건강하고 행복하기 위해서니까 말야
건강

더 이상 사업을 유지하지 못하겠다고 결정했지만, 주변에서 말리는 사람들 때문에 고민이 되었어요. 그런데 어느 날 이런 생각이 들더라고요. 이러다가 돌이킬 수 없을 정도로 건강이 나빠지면 누가 책임지지?

결국 나를 책임지고 지킬 수 있는 사람은 나뿐이라는 생각이 들었죠. 이제는 나 자신을 건강하게 지키면서 사업을 지속하고 싶어요. 그래야 오래갈 수 있다고 생각합니다.

내 사업은 시작부터 완벽해야 해

완벽하게 준비해서 멋지게 사업을 시작해야지
문어 동생
오.. 완벽한 준비가 어떤거라고 생각해?
가오리누나
음.. 글쎄.. 막.. 따란~! 이렇게 시작하는거?
따
란
문어 사무실
나도 예전엔 그렇게 시작하고 싶었어.
뒷모습
의자
뒷모습
의자
하지만 지금은 오히려 그런 시작을 경계하려해
왜?
완벽하게 시작하려 하면, 시작부터 무리하게될 가능성이 높아
1000
사무실
투자금
아이템

고객의 반응이 생각과 다를때 실망하고, 받아들이기 어렵기도해
화려한 시작 고망
많은것 투자해서 시작
실망
내가 다시 시작한다면 [있는듯 없는듯] 시작하는 기간을 가질것 같아.
시작&고민기간
본격적~
콘텐츠제작 &니즈파악
시작하는 기간동안 사람들이 내게 무엇을 원하는지 관찰할거야
열린마음
무엇을 원하든 편견없이 받아들이기
화려한 사업의 시작보단 사람에대한 관심이 더 중요하다고 생각해 ♡

예전에 창업을 준비할 때는 완벽하게 시작하고 싶었어요. 실패하면 안 된다는 생각 때문에 마음속에 두려움이 많았거든요.

그러나 지금은 오히려 완벽한 시작을 경계하려고 노력합니다. 여전히 두려움은 있지만 여유로운 마음을 가지려고 노력해요. 두려움에 가득 찬 사람은 주변 사람들과 고객들이 무엇을 원하는지 알기 어렵기 때문이죠.

“

사회에서 정답이라고 말하는
그 방향을 거슬러도 괜찮다고
말하고 싶어요.

”

경험할수록 환상을 걷어내고 현실을 더 잘볼수 있을거야.
내가 그걸수 있을까?
그럼, 물론이지!

4장

마음을 단단하게

마음 면역력이 낮으면

나는 사업을 하다 마음건강이
완전히 무너진 적이 있었어
어땠는데?
일단 숨이 잘 안쉬어졌고
머리가 자주 깨질 것 같았어
헉
헉
헉
헉
두통!!
심장부근이 아프곤 했고
답답해서 쿵쿵 두드리곤했지
쿵
답답...
쿵
주말이 되면 15시간 이상
기절하듯 잠을 오래 잤었어
이상하게...
너무졸려...
눈물이 자주 흘러서 업무에
불편함을 느꼈었고...
괜찮으세요?
왜이러지
외부
미팅중..
전화나 카톡, 사람들과의
만남까지 모두 무서워져서
사람을 점점 피하게 되었지
대표님..
친구야..
부재중(12)
으아악

나는 내 마음의 면역력이
아주 약해졌음을 느꼈고..
힘들었겠다...
그땐 그랬지...
더이상 견딜 수 없는 지경에
이르러서야 더 건강하게
살고싶은 마음이 간절해졌어
더이상은 이렇게
엉엉
못살겠어
심리 상담도 받고 각종
검사도 받았지만 나에게
가장 도움된건 습관이더라구
습관을 형성해 가며 점점
마음이 건강해짐을 느꼈어!

남들은 멀쩡하게 사업하는데, 왜 나만 힘들까?

한창 힘들 때 그런 생각을 많이 했어요. 내가 비정상처럼 느껴졌지요.

사업할 때는 마음이 유독 쉽게 힘들어지곤 합니다. 몸과 마음의 통증은 변화가 필요하다는 신호인 셈이죠. 더 이상 버티지 못하겠다고 느낀 그 시점부터 저는 적극적으로 변화를 시도했어요. 그러자 점점 더 건강해지더라고요!

매일 내 상태 체크하기

마음건강 회복에 정말 큰 도움이 된 습관이 있어
어떤 습관인데?! 알려줘
명상...!
나는 매일아침 항상 5분정도 명상을 해.
딱
5분!
명상을하면서 내가 떠올려보는건 3가지야
오늘기분이나 몸상태가 어떤것 같은지 인지하고
오늘은 좀 찌뿌둥하군

오늘 하루를 잘 보냈다면 그게 어떤 모습일지 미리 시각적으로 상상해 보고
할일은 무리하지 않고••
가벼운 스트레칭을 해야지
매트
먼미래의 내모습은 어떨지 내가 바라는 모습을 미리 시각적으로 상상을 하는편이야
세계 여행을 하며
평온하게 살아가는 내모습
그리고 나서 하루를 시작 하면 내가 내 인생을 선택하는 느낌이 들더라구
내인생
내선택
6개월이상 아침명상을 해보니까 정말 마음이 안좋이 건강해졌어!!!

사업을 하다 보면, 일에 파묻혀서 내 상태가 어떤지도 모르고 달리게 될 수 있습니다. 저 또한 몸과 마음이 망가지고 나서야 건강이 안 좋았다는 사실을 깨닫게 되었어요.

그런 의미에서 명상은 컨디션이 나빠지기 전에 미리 알려주는 좋은 방법이라고 생각합니다. 매일매일 나를 체크하기 때문에, 조금만 평소와 달라도 알아챌 수 있게 되더라고요!

뇌도 부팅이 필요해

아침명상 말고도 챙겨서
하는 습관이 있어??
음.. 나는 간단한 몸풀기를
아침에 챙겨서 하는편이야
거창하지는 않아(부끄)
10분정도 스트레칭을
하는 정도거든
10분
하지만 매일하다보니
아침이 상쾌해지고
기분도 좋아지더라고
아~
시원해~
그리고 제일 좋은건
아침에 몸을 움직이면
스트레칭 중
으쌰
자연스럽게 잠이깨
잠이 깨서 똘망똘망

사실 나는 아침잠이 꽤 많은 편이어서 일어나는게 늘 힘들고 잠이 안깼어
sss
알람
으아싫다~
근데 아침에 스트레칭만 해줘도 훨씬 잠이 잘 깨지더라고! 그게너무좋아
오호~
잠이 안깬상태로 일을 시작하려면 짜증이나곤 했는데 스트레칭을 하니까
졸림 →
이젠 상쾌한 기분으로 하루를 시작하게 되더라

여러분은 아침을 어떻게 시작하시나요? 예전의 저는 눈 뜨자마자 아이스 아메리카노를 벌컥벌컥 마셔서 억지로 몸을 깨웠어요. 그래서인지 짜증도 나고 집중도 잘되지 않았죠.

매일 아침 10분 스트레칭을 시작한 이후, 저는 훨씬 더 상쾌한 아침을 맞이하고 있습니다. 자연스럽게 잠에서 깨어나는 게 하루의 기분을 얼마나 좌우하는지 알게 되었지요.

부자들의 습관 따라 하기

우와~ 아침부터 뭐를 그렇게 쓰는거야?
자, 커피~
고마워~
아, 이건 내가 매일아침 일시작 전에 쓰는 일기야
아침일기
타이탄의 도구들 이라는 유명한 책에서 부자들이 아침일기를 쓴다고 해서
팀 페리스
타이탄의 도구들
나도 따라서 시작했어
내일부터 시작해야지~
어제 어땠는지 돌아보고 오늘을 어떻게 보낼건지 간단하게 다짐을 써
yesterday
&
Today
사실 처음에는 잘 몰랐는데 매일 아침 일기를 쓰다보니

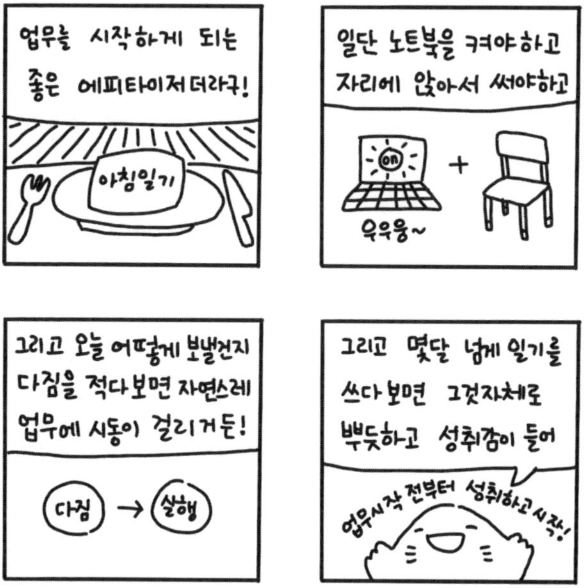
업무를 시작하게 되는 좋은 에피타이저더라구!
아침일기
일단 노트북을 켜야하고 자리에 앉아서 써야하고
on
우우웅~
그리고 오늘 어떻게 보낼건지 다짐을 적다보면 자연스레 업무에 시동이 걸리거든!
다짐
실행
그리고 몇달 넘게 일기를 쓰다보면 그것자체로 뿌듯하고 성취감이 들어
업무시작 전부터 성취하고 시작!

저의 아침 루틴은 명상과 스트레칭, 샤워와 커피 한 잔으로 이루어집니다. 그리고 그날의 기분에 맞춘 음악을 틀고, 컴퓨터를 켜 뒤 일기를 쓰기 시작합니다.

업무를 시작할 땐, 스스로를 파블로프의 개에 빗대어 생각해요. 특정 루틴을 매일매일 반복한 뒤에 일을 시작하면, 나중엔 그 루틴을 하기만 해도 자연스럽게 일을 시작하게 되기 때문이죠.

자꾸 핸드폰을 보게 된다면

핸드폰
툭~
왜 아침마다 핸드폰을 다른방에 가져다 놓는거야?
?!
아, 나는 핸드폰을 일부러 멀리 떨어뜨려놓는 편이야
업무공간
핸드폰
그래야 할일에 집중 할 수 있더라구!!
핸드폰이 가까이 있으면 자꾸 확인하게 되곤해
잠깐만 볼까…?
특히 콘텐츠 반응확인 하며 들어가서 1시간이 순식간에 지나버리고..
아니 벌써 시간이?!

그렇게 시간을 낭비하고 나면 기분도 안좋고 집중도 잘안 되더라고... 나는.
그래서 평소 모든알람이 꺼져있기도 하고, 핸드폰도 일부러 멀리에 두곤해
방해 금지
그럼 핸드폰으로 딴짓은 절대 안하는거야??
아니!! 하지!
할일 다 하고 맘편히 뒹굴뒹굴 하면서 해!!
할일 다하고 하는 → 핸드폰♥

무심코 핸드폰을 하다가 시간이 훌쩍 지나버려 놀란 경험이 있으신가요? 저도 그런 일을 종종 겪었어요. 처음엔 의지로 조절하려고 했지만 쉽지 않았어요. 그냥 옆에 핸드폰이 놓여 있기만 해도 나도 모르게 손이 가니까요.

그래서 이제는 아침마다 핸드폰을 숨깁니다. 소파나 침대 위, 서랍 안…. 단순히 핸드폰을 치운 것만으로도 아침 시간의 업무 효율이 높아졌습니다.

마음에 안정이 필요할 때

근데 사업하다보면 고민이 생길때도 있고 기분이 안좋을 때도 있잖아...
그럴 땐 어떻게 해?
나는 책을 읽어
진짜 좋아
원래 매일 5분이라도 책을 읽는 편이지 만
책
* 보통 일기 쓰고 책을 읽음
만약 고민이 생기거나 기분이 안좋으면 책을 더 오래 읽고는 해
평소
5분
고민있을때
2시간
포인트는, 내가 고민중인 주제에 대한 책을 찾아서 읽는거야

그럼 정말 몰입해서 책을 흡수하며 읽을 수 있어
아… 이사람은
!
이렇게 해결했구나
그리고 책을 읽다보면 어느정도 생각이 정리 되기 때문에
마음이 만농이 편해져
그래 나도 그렇게 해볼래!
늘 내가 하는 고민은 누군가 미리 해서 책으로 다 써놨더라구!!!

사업을 하다 보면 막막해지는 순간이 반드시 찾아올 거예요. 그때마다 물어볼 수 있는 멘토가 있다면 좋겠지만, 그렇지 않은 경우가 참 많죠.

주변 사람들에게 속마음을 털어놓기도 해봤지만, 위로를 받을 순 있어도 현명한 조언을 얻기는 힘들었어요. 다들 사업 경험이 없는 분들이었거든요. 이 막막함을 해결하기 위해 읽기 시작한 책들이 저에게 멘토가 돼주었어요.

떨어져서 바라보는 습관

나는 웬만하면 하루에 한번 산책을 다니곤 해
산책도 마음건강 이랑 관련이 있는거야?
응! 나는 정말 그렇더라고
한가지 생각에 빠져서 자꾸만 더 깊이 파고들어 가게 될 때가 있잖아..
그럴때 산책을 다녀오면 신기하게도 기분이 좋아지고 생각도 잘정리 되더라구
산책중
그래서 나는 아이디어가 필요하거나 생각을 정리할 땐 산책을 꼭가

걸으면서 풀도보고 하늘도 보고 나무와 풀도 보다보면
불현듯 콘텐츠 소재가 떠오르거나, 재미있는 이벤트 아이디어가 떠올라
물론, 무언가 떠오르지 않아도 걸으면서 계절을 느껴보면
어느새 가을이네
스트레스가 풀리는 느낌이 참 좋더라구

나무와 풀을 바라보며 걷다 보면, 앉아 있을 땐 풀리지 않던 생각이 정리되는 경험을 자주 합니다. 이런저런 고민들로 가라앉은 기분에서 빠져나와서, 현재의 문제에 대해 다른 방향으로 생각할 수 있게 되더라고요.

산책은 제 생각의 방향을 틀 수 있는 히든카드가 돼주었어요. 그리고 무엇보다, 풀과 나무를 보면 기분이 좋아지더라고요. 누구에게나 이런 시간은 필요하다는 것을 느낍니다.

나를 위한 선물 챙기기

하루중에 아침과 자기전에 기분좋은 습관을 만들면 평균적 행복도가 올라가더라고
오 그래? 어떤습관이야?
나는 아침에 커피를 마셔
알지알지
아침에 햇살 받으며 커피 마실때 너무 행복해
내가 살아 있구나
그리고 밤에는 웹툰을 봐
하루종일 고생한 나에게 웹툰을 보상해주는 것이지
할일다하고 보는 웹툰♥

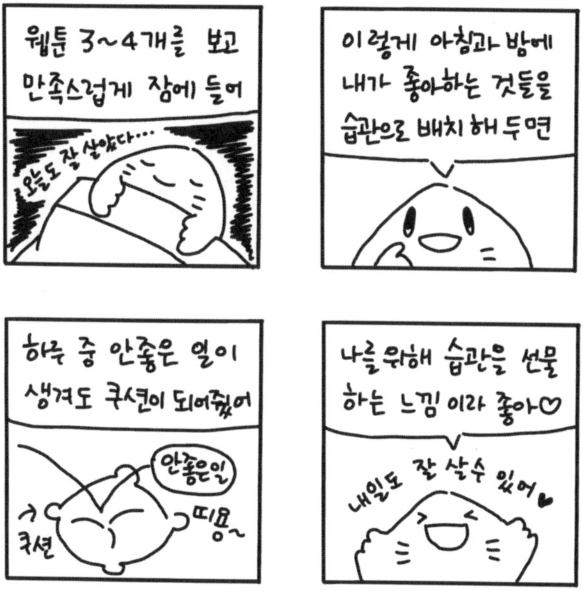
웹툰 3~4개를 보고
만족스럽게 잠에 들어
오늘도 잘 살았다…
이렇게 아침과 밤에
내가 좋아하는 것들을
습관으로 배치 해 두면
하루 중 안좋은 일이
생겨도 쿠션이 되어줬어
안좋은일
쿠션
띠용~
나를위해 습관을 선물
하는 느낌 이라 좋아♡
내일도 잘 살수 있어♥

예전에는 아침에 눈뜰 때마다 오늘 하루가 또 시작됐다는 사실이 너무 싫었어요. 그래서 저는 하루의 시작과 끝에 제가 좋아하는 일을 하나씩 배치해두었습니다.

이 단순한 습관 하나를 실행하는 것만으로 훨씬 더 마음이 편안해짐을 느껴요. 내가 나를 대접하고 챙겨주는 느낌이 들더라고요.

“

책상을 벗어나서 산책하다 보면
생각이 정리되는 기분이 들어요.
창업가에겐 꼭 필요한 시간입니다.

”

조금씩, 하나씩
가벼운듯 경쾌하게
그렇게 가도돼.
조금씩. 내속도로!

5장

두려움을 낮춰볼까?

진짜 두려운 것은 실패가 아니야

우리는 왜 창업이 두려울까?
??
가오리 아내
나는 창업을 생각하면 빨간딱지가 생각나..
← 이런거
오징어 남편
맞아 맞아! 우리가 어린시절 보고 들었던 이야기들이 있었지.
어떤거?
누구 아빠가 사업 망해서 빚더미에 앉았다.. 뭐 그런거..
TV.영화로 배운창업 →
여보..
NOo..
근데 잠깐만 생각해보면 말야...
그렇게 심각한 상황이 되려면 필수조건이 있어.
딱 한가지!

바로, 감당불가능한 돈을 투자한것!
RISK
그렇다면, 처음부터 감당가능할 정도만 투자하면 되는게 아닐까?
담백~
감당가능한 정도만 투자해서 창업하면 (혹은 돈을 안들이면..)
오호~
실패가 아니라고 생각해 성장이고 경험이지!!
그럴 수도 있겠다
맞아~

인터넷이 없던 시절에는 좋은 지역에 사무실을 얻는 게 사업의 성패에 영향을 미칠 만큼 중요했어요. 사무실이 없으면 내 사업을 사람들에게 알리기 어려웠으니까요.

이제는 인터넷을 활용해서 사무실 없이 성공하는 무자본 창업가들이 늘고 있습니다. 저는 무자본으로 창업하는 것을 선호해요. 많은 실패를 했는데도 큰 타격이 없었던 이유는 애초에 들인 리스크가 없었기 때문이죠.

실패를 경험으로 만드는 방법

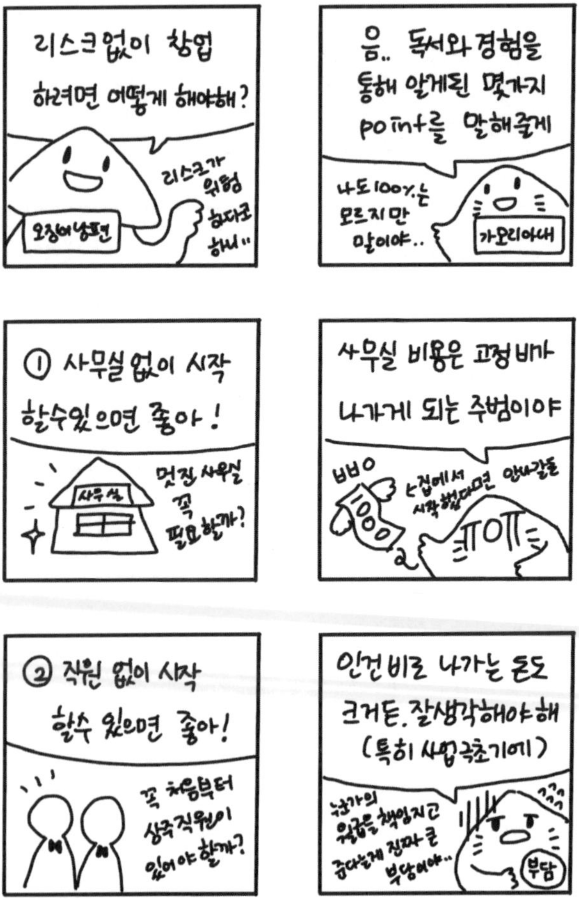

리스크 없이 창업 하려면 어떻게 해야해?
오징어냉면
리스크가 위험하다고 하니..
음.. 독서와 경험을 통해 알게된 몇가지 point를 말해줄게
나도 100%는 모르지만 말이야..
가오리아내
① 사무실 없이 시작 할수있으면 좋아!
사무실
멋진 사무실 꼭 필요할까?
사무실 비용은 고정비가 나가게 되는 주범이야
ㄴ집에서 시작했다면 안나갈돈
② 직원 없이 시작 할수 있으면 좋아!
꼭 처음부터 상주직원이 있어야 할까?
인건비로 나가는 돈도 크거든. 잘생각해야해
(특히 사업극초기에)
누군가의 월급을 책임지고 준다는게 정말 큰 부담이야..
부담

③ 재고 없는 방식으로 시작하면 좋아!
꼭 상품이 미리 있어야 할까?
재고 없이 생산할 수 있다면 리스크를 줄일수 있어! 방법은 있다구!
크라우드 펀딩 온디맨드.. ...etc
사실 ①②③ 모두 안지켜도 사업을 잘하는 사람도 있어.
사업에 정답은 없다!
그치만 나는 이런 방식으로 빚없이. 내돈적게 들이고 사업하는게 좋더라구
결국 개인의 선택이지 뭐.

사업 초기에는 돈을 들이지 않고 가볍게 시작해도, 사업이 전개됨에 따라 사무실과 직원이 필요할 수 있습니다.

하지만 한 번 생긴 고정비는 다시 줄이기 어렵다는 것을 잊지 말아야 합니다. 사업에 얼마를 투자할지는 본인의 선택이지만, 경험이 많지 않다면 적은 고정비로 사업을 시작하는 것이 현명하겠죠. 설사 실패한다고 해도, 리스크 없는 실패는 실패가 아닌 경험이 됩니다.

프레임의 존재를 알고 있어?

창업하고나서 가장 힘들었던게 뭐야?
오징어 남편 →
창업에 대한 프레임을 알지 못한 것!
가오리 아내
프레임?
응 사실 난 청년CEO에 대한 프레임을 알지못했기
지나고나니 부끄럽군..
아~ 그런~
발표 잘하고, 투자 잘받고 죽을만큼 힘들어도 수백억 스타트업을 키워내는 청년!
내가 가졌던 프레임!
나를 거기에 끼워맞추려 노력하다 공황초기증세를 겪기도 했지..
허억허억 숨이안쉬어져
← 스타트업 CEO 시절
규모있는 사업
투자
정부지원
발표 IR
이 모든게 개인의 선택일 뿐이더라고.
프레임을 벗어나도 괜찮다!

지나고나서 생각해보니, 내가 프레임을 가지게 된 이유는 미디어가 크긴 했어
아고래?
결국내가.. 받아들인 거지요...
미디어에서 나오는 청년CEO의 모습은 투자자. 정부의 시선에 가까워
이게 바람직한 모습이야
스타트업 청년CEO
그들의 입장에서는 [큰기업]을 만드는게 좋을수 밖에 없으니까..
실업률 개선
좋 다!
투자 대비 수익
중요한 것은, 프레임을 인지 하는거라고 생각해. 그럼 개인이 선택할수 있으니까
프레임에 꼭 나를 맞춰야만 하는건 아니더라구....
ㅋ

창업가는 항상 당당해야지, 창업가는 힘들면 안 돼, 창업가는 승부사를 던져야 해, 창업가는 실수하면 안 돼….

저는 이런 '창업가 프레임'에 저를 끼워 맞추려고 노력했어요. 다 소화하고 싶었죠. 하지만 이제는 창업에 바람직한 모습이 정해져 있다고 생각하지 않아요. 이젠 제가 프레임 안에 있든, 밖에 있든, 걸쳐 있든 제가 원하는 대로 살아가려 노력하고 있답니다.

사업을 딱 한 줄로 정리해볼게

사업이 뭐라고 생각해?
오징어 남편
나는 물물교환이라고 생각해!
가오리 아내
내가 줄수 있는 것들을 먼저 파악한뒤에
마음건강
브랜딩
요정도?
실행력
디자인
여행
동기부여
그중에서 사람들이 내게 원하는 것을 관찰하고,
우와 좋아요!
!
창디의 브랜딩콘텐츠
이해가 잘돼요.
필요했어요!
더궁금해요.
중요한것 같아요
그걸 서비스나 상품으로 만든 다음에 ...
브랜딩강의
짜잔
돈이랑 물물교환을 하는거지 뭐.
change!
강의
1000

그래서 정상적인 판매가 일어나려면..
돈으로 맞바꿀 만큼의 가치를 꼭 전달해야해
오히려 받은돈 이상의 것을 주는게 더 좋다고 하더라구
사업은 어렵게 생각하면 어렵고
단순하게 생각하면 단순한 거구나!
쓰담쓰담♥
맞아!!

저는 복잡한 걸 별로 좋아하지 않아요. 잘 이해하지도 못하고요. 그래서 사업에 대해서도 단순하게 생각하려고 노력하는 편이에요.

저는 창업을 물물교환이라고 생각해요. 사람들이 원하는 것을 내어주고, 돈으로 받는 것이죠. 정말 담백하죠? 사업을 하다 보면 점점 나만의 정의를 만들어가게 될 테니 시작부터 어렵게 생각하진 않으셔도 됩니다.

창업으로 이해하는 자본주의

창업이 꿈이 아닌 사람들도 있잖아 ~
그냥 흥미정도? 있는 사람 말야.
오징어 남편
그런사람도 창업을 해보면 좋은점이있을까?
아하
가오리아내
일단, 창업은 본인의 선택이기 때문에 안해도 괜찮아! (당연함) 아무도 강요할수 없는 부분이지
당신의 선택사항!
하지만 만약 가볍게라도 창업을 경험하게 된다면
분명 얻는게 많을거라 생각해
까~
아~
왜냐면, 우리는 자본주의 사회에서 살아가기 때문이야.
그렇긴 하지

지금까지 소비자로 살아 왔으니, 반대로 생산자 입장을 경험 하는거지
소비자
생산자
소비자와 생산자 양쪽을 경험해보면 시야가 진짜 넓어져
스타크래프트 지도 넓히는느낌..
옛날 사람 ㅋㅋㅋ
회사도. 음식점도. 편의점도 미용실도. 앱서비스도.. 그냥 있는게 아니란걸 알게돼.
회사
음식점
미용실
APP
자본주의 속에서 살면서 자본주의를 이해 하는것!
의미있는 경험인것 같아 ♥
세상도 덜무서워지는것 같아!!

소비자와 생산자의 입장을 모두 경험해본 뒤 저는 한 가지 사실을 깨달았어요. 결국 우리는 누군가에게 돈으로 감사함을 표현하며 살고 있더라고요.

커피 한 잔, 껌 한 통도 그냥 저절로 생긴 것은 없었어요. 물건 너머에 '소비자를 향한 생산자의 애정 어린 시선'이 있었기에 가능했죠. 저에겐 창업이 자본주의를 다채롭게 이해하는 계기가 되었답니다.

슬프지만 첫 창업은 실패할 거야

처음창업하면 아마도 실패할거야 대부분
비 장
갑자기 악담?!
아니, 그럼 처음에 창업 해도 괜찮은가?
난 성공하고 싶은데?!
아하
오징어 남편
가오리 아내
처음창업하면 어쩔수 없이 실패할가능성이 높아
사실 인걸
그치만 괜찮아! 할수록 점점 잘하게 될테니까!
예~ 예~
근데 생각해 보면 진짜 당연한 말이다?
끄덕 끄덕
자전거도 처음타면 막 넘어지고 그러잖아.
으아아
쿵!

그치만 자꾸 타다보면
익숙해지고 능숙해지지.
편안하군~
외발 자전거
창업도 자꾸 하다보면
능숙해지는 거지.
아하~
다만, 경험으로만 부딪히고
깨지면 성장하는 데에
시간이 좀더 걸리더라구.
<나의경험으로만 성장>
유경험자의 지식을(ex.책)
흡수하며 경험해 나가는게
성장엔 최고인 것 같아♥
<나의경험+남의경험으로 성장>

창업에 한방은 없다고 생각해요. 물론 단번에 잘 될 수도 있겠지만 자세히 들여다보면 두 가지 경우더라고요.

① 이미 관련 경험이 많은 경우

② 운이 매우 좋은 경우

지금껏 해본 적 없던 일을 처음 시작하는 단계라면 당연히 실패할 확률이 높을 거예요. 하지만 괜찮아요. 자전거를 처음 탔을 때처럼, 하면 할수록 실력은 성장할 테니까요.

창업하지 말아야 할 이유?

창업을 하지 말아야 할 이유도 있을까?
hoxy..
오징어 남편
음.. 굳이 생각해 보자면..
보자보자~
가오리 아내
창업도 처음엔 시행착오가 있을 수 밖에 없으니까..
뽈뽈
산책중
외롭고 불안하고 열등감이 자주 찾아 올 수 있어..
내가 지금 뭐하고 있는 거지...
그래서 지금 내 마음 상태가 약해져 있다면
절대 무리할 필요 없어
흐규
회복과 휴식을 먼저 하고 창업을 하는 것도 좋은 것 같아.
명상 Good!
새로운 것을 하고 싶은 기력이 생길 정도의 회복

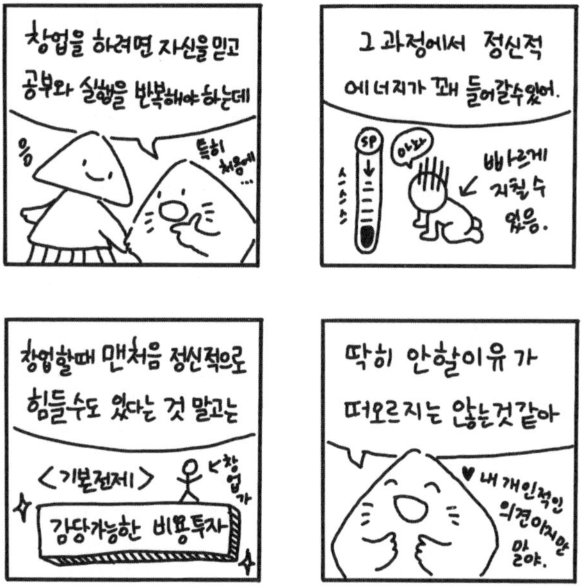
창업을 하려면 자신을 믿고
공부와 실행을 반복해야 하는데
응
특히 처음에…
그 과정에서 정신적
에너지가 꽤 들어갈수있어.
SP
아파
빠르게 지칠 수 있음.
창업할때 맨처음 정신적으로
힘들수도 있다는 것 말고는
<기본전제>
창업가
감당가능한 비용투자
딱히 안할이유 가
떠오르지는 않는것같아
♥ 내 개인적인 의견이지만 말야.

저는 마음이 불안정한 상태에서 스타트업 창업을 했어요. 그러자 3개월 뒤, 몸과 마음이 아프기 시작하더라고요.

다 안다고 생각했는데, 막상 창업을 시작하면 모르는 게 어찌나 많은지… 공부할 것도 많고, 나 자신이 한심하게 느껴지기도 합니다. 그럴 때 마음이 지쳐 있다면, 너무 힘들 거예요. 그래서 저는 마음이 안정된 상태에서 창업하는 것을 추천합니다.

왕관이 무겁다면 언제든 내려놓기

[왕관을 쓰려는자, 그 무게를 견뎌라]
나는 이 말을 바꿔보고싶어.
오징어남편
가오리아내
[너무 무거우면 언제든 왕관을 내려놓아도된다] 라고 말이지.
힝구..
슝
안녕엉
왕관을 꼭 써야 하는것도 아니고, 써봤다가 별로면 언제든 벗어도 되는거니까
그러게
simple~
난.. 그냥 들꽃으로 만든 화관쓰고 소소하고 가볍게 살아 가고 싶다는 생각을해.
[물들어올때 노 저어야 한다]는 말도 있잖아..
끼야
[적당히 감당가능한 만큼 노저어도된다]고 바꿀래.
적당히 완급조절
물들어올땐 어차피 앞으로 갈

물들어올때 무리하다가..
노도 뿌러지고 팔도 뿌러지거든
나는 적당히 노를저어야
멀리. 오래. 원하는곳까지
갈수있다고 생각해!
내가 가능한 만큼만
나는 이런 말들이 100%
틀렸다고 생각하지는 않아.
웅웅
누군가에게진 도움이 될 말들이지.
다만, 나에게 안맞는말들은
바꿀수 있는.. 용기있는 사람으로
살아가고 싶어, 앞으로도..
용기

① 왕관을 쓰려는 자 그 무게를 견뎌라.

② 물 들어올 때 노 저어라.

저는 이 말들을 싫어했어요. 한참 힘들던 시기에 이 말들을 듣고 나서 펑펑 운 적도 있어요. 이미 죽을 만큼 힘들게 버티고 있는 제게 더 열심히 하라고 강요하는 느낌을 받았거든요. 이제는 그냥 이런 말들을 내 상황에 맞게 바꾸려고 노력해요.

“
사업을 하다 보면
점점 나만의 정의를
만들어가게 될 거예요.
”

어떤일도 스스로를 해치면서 까지 할필요는 없는것 같아.
그래?
설사 그게 내 사업이라도 말야

6장

가벼운 시작이 만드는 여유

비즈니스 책, 억지로 읽고 있다면

오늘도 책읽고있어? 창업엔 독서가 필수인가봐
오징어 남편
아.. 독서는 창업에 큰 도움이 되기는 하지만...
가오리 아내
그것보단, 나는 창업을 하니까 책이 재미있어서 자꾸만 더 읽게되더라구
책♥
넘좋아♥
나 사실, 창업 처음에 할땐 책 전혀 안읽었어
그래?
ㅋㅋ
비즈니스 도서가 그땐 내게 너무 어려웠거든
으아아
넘 어려워
하지만 창업을 한번 두번.. 계속하다 보니까 책이 재미있어지더라고
연쇄창업마

당장 내게 닥친 일이
되니까 비즈니스 도서가
재미 있어진 것이지
창업을 하면 모르는 것
투성이인데 혼자 힘으로
해결하기 어렵거든
목마른 사슴이
우물을 찾듯이
창업가
지식
그럴 때 책을 읽으면
아!!! 이거였어!!! 하는
짜릿함이 있어 ㅋㅋㅋ
유레카!
짜릿한
지식의
맛♥
그래서 사업 초기에 책이
안 읽힌다고 해서 걱정할
필요는 없다고 생각해♥
괜찮아~

저는 원래 책을 별로 좋아하지 않았어요. 어렵고 재미없게만 느껴졌죠. 그랬던 제가 이제는 숨 쉬듯이(?) 책을 읽는 사람이 되었습니다. 어느 순간부터 책이 재미있어졌거든요!

창업 관련 경험이 쌓이니 사업 이해도가 높아졌고 그러자 자연스럽게 비즈니스 도서를 좋아하게 되더라고요.

모르는 게 있으면 배우면 돼

누나도 사업할 때 강의 같은거 들었어?
문어동생
응! 물론이지~ 나도 강의 많이 들었어~
가오리누나
SNS 마케팅, 사진 글쓰기, 무자본 창업, 습관형성, 마음관리...
지나고나서 생각해보니 엄청 많이 들었더라구
들어보니까 어땠어? 강의는 듣는게 좋을까?
궁금~
개인적인 의견이지만 나는 좋다고 생각해!

책으로 전반적인 개념과 지식을 습득한다면...
비즈니스
마케팅
인간심리
세일즈
그 중에서 필요한 스킬은 유경험자의 강의를 통해 습득하는게 효율적이었어.
skill
다만, 강의는 한번에 하나씩만 집중해서 듣는게 좋은것 같아
그게 뭐든, 무리해서 들으면 집중도 습득도 체화도 어렵더라구
아하

예전에는 강의를 많이 듣는 게 별 도움이 안 될 거라고 생각했어요. 저는 경험주의자에 가까워서, 일단 부딪힌 다음에 생각했거든요. 하지만 내게 필요한 것을 분명히 아는 상태에서 전문가의 강의를 들으면 많은 시간을 아낄 수 있더라고요.

개인적으로는 분야에 대한 '감'은 책으로 잡고, 강의를 통해 '스킬'을 배우면 효율적인 것 같아요.

시작점이 아닌 시작 기간 정하기

창업을 시작한다는 것은
[점]이 아니라 [선]인것 같아
점
선
가오리아내
시작 시점이 있다기 보다는
시작 기간이 있는 것이지
시작시점
시작기간
오.. 왜 그렇게
생각한거야?
오징어남편
시작을 점이라고 생각하면
완벽하게 준비해야할것
같은 느낌이 들더라구..
모든 준비를 끝내고 짠!
사업을 시작하고 싶은거지
하지만 막상 그렇게하려면
부담감, 불안감이 증폭되어
시작이 어렵게느껴지는것같아
다 준비 한걸까?
창업가

그래서 창업시작점이 아닌
시작 기간을 가지면 좋더라구
그냥 시작 하는중..
Starting...
마치 아포가토 아이스크림
처럼 녹아드는 기간인 것이지
시작 기간
공부도 하고, 고객관찰도
하고, 실험도 하면서..
콘텐츠 발행
* 완벽하지 않은 깍두기(?) 기간
천천히 스며들듯이 시작
해도 된다고 생각해
아포가토

시작점이 있다고 생각하면, 뭔가를 더 준비하고 싶어지는 것 같아요. 하지만 거하게 시작하려 하면 할수록 투자한 시간과 돈 때문에 불안해지더라고요. 이젠 무엇을 하더라도 시작점이 아니라, '시작 기간'이 있다고 생각해요. 시작 기간에는 스스로를 깍두기 취급해요. 실수해도 괜찮고, 잘 몰라도 괜찮고, 아직 시작하는 중이니까 자기 자신에게 관대해지는 것이죠.

SNS 운영은 필수

창업하고 싶은데, 뭐부터 하면 좋을까?
문어 동생
나는 첫단계로 SNS콘텐츠 제작을 추천하고 싶어.
내경험에는 좋았어!
가오리누나
글을써서 창업분야에 대한 내 생각을 정리할 수도 있고
스스로 검토 가능
SNS 콘텐츠
더 깊은 사업 고민
사람들의 반응을 보며 고객니즈를 관찰할수도 있지
A콘텐츠보다
B콘텐츠가 반응이 좋네
그리고, 콘텐츠를 쌓아갈 수록 퍼스널 브랜딩도 돼
이 콘텐츠를 보니까
믿음이 가더라
고
객
심지어 아직 창업아이템이 없이도 시작할 수 있는걸
고객들이 오히려
기다려 주기도 해
창업아이템(미정)

고객과의 소통 측면에선
창업연습도 된다구
고객과 관계 맺기
그치만 나는 SNS를
한번도 운영해본 적이
없는걸...
나도 그랬었어ㅋㅋ 개인계정에
가끔사진 올리는게 다였어
하지만 괜찮아! 필요를
느낀다면 배우면되더라구♥
나도
배우는중

꾸준히 SNS 운영을 시도해왔지만 금방 포기하고 말았던 예전과 달리, 지금은 1년 넘게 SNS를 운영하고 있습니다.

예전엔 공부 없이 그냥 제 생각대로 운영했어요. 며칠 열심히 하다가 지치면 얼마 안 가서 그만두곤 했어요. 하지만 지금은 SNS 콘텐츠와 마케팅 책을 찾아 읽거나 강의 영상을 찾아봐요. 적극성의 차이가 다른 결과를 불러온 것이죠.

퍼스널 브랜딩이 뭘까?

퍼스널 브랜딩을 해야 한다는데, 그게 뭐야?
문어동생
음.. 그냥 사람들에게 날 기억되게 하는거야
가오리누나
왜 사람들에게 날 기억시켜야 하는데?
그래야 고객과의 관계를 시작할수 있으니까!
첫단추
끼우기
사실, 100명을 만나도 기억에 남는건 소수잖아
바글바글~
그런상황에서 기억에 남으려면 잘 소개해야해

그러려면 뭐하는 사람인지 정체가 명확해야겠지
사과파는사람
뭐하는지모름
거기에 유니크한 이름을 가지고있으면 더 좋고
김과즙
김철수
그 사람만의 독특한 특성이 있으면 더 유리할거야
항상 빨간색 옷만 입음
나는, 브랜딩을 쉽게생각 하니까 재미가 있더라고!
오~
꿀잼~

제가 생각하는 퍼스널 브랜딩은 '기억에 남도록 잘 소개하는 것'입니다.

사람들의 기억에 내 브랜닝을 남기기 위해선 어떻게 소개해야 할까요?

브랜딩이 고민이라면, 이 질문을 스스로에게 해보시면 좋을 것 같아요.

선 관찰, 후 제작

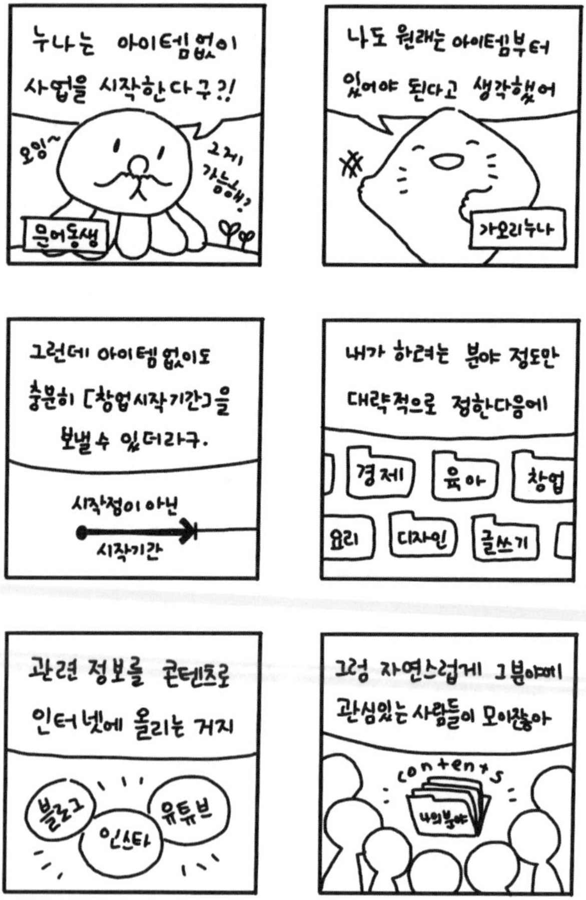
누나는 아이템없이 사업을 시작한다구?!
오잉~
그게 가능해?
문어동생
나도 원래는 아이템부터 있어야 된다고 생각했어
가오리누나
그런데 아이템 없이도 충분히 [창업시작기간]을 보낼수 있더라구.
시작점이 아닌
시작기간
내가 하려는 분야 정도만 대략적으로 정한다음에
경제
육아
창업
요리
디자인
글쓰기
관련 정보를 콘텐츠로 인터넷에 올리는 거지
블로그
인스타
유튜브
그럼 자연스럽게 그분야에 관심있는 사람들이 모이잖아
contents
나의분야

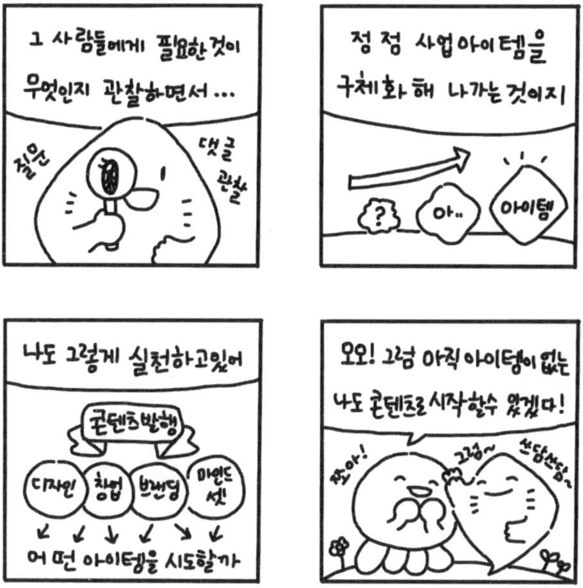
그 사람들에게 필요한 것이
무엇인지 관찰하면서...
질문
댓글
관찰
정 점 사업아이템을
구체화 해 나가는 것이지
?
아..
아이템
나도 그렇게 실천하고있어
콘텐츠발행
디자인
창업
브랜딩
마인드셋
어떤 아이템을 시도할까
오오! 그럼 아직 아이템이 없는
나도 콘텐츠로 시작할수 있겠다!
좋아!
그럼~
쓰담쓰담~

예전에는 사업 아이템을 먼저 만든 뒤에 고객의 의견을 들었어요. 하지만 지금은 일단 고객의 이야기부터 들은 뒤에 어떤 수단(아이템)이 그들을 도울 수 있는지 고민합니다.

여러 가지 방식 중에서는 콘텐츠가 정말 좋은 경청 수단이라고 생각합니다. 내가 아는 지식을 먼저 나눠주고, 댓글이나 반응을 통해 자연스럽게 의견을 관찰할 수 있으니까요.

유용한 소스가 되는 질문

사람들이 내게 원하는 것이 뭘까?
문어동생
그건 혼자서 예측하기는 어려운 부분인것 같아
가오리누나
그럼 어떻게 알수있어?
으에엥~
긁적
일단 사업분야에 관련된 정보를 콘텐츠로 만들고,
생각
지식
경험
사람들의 반응이 좋은 콘텐츠가 무엇인지 살펴보는 것이지
A
B
C
특히 사람들의 질문을 관찰하는 것이 중요한데
질문이~
어디있나

그 안에 궁금함, 어려움을 내포하고 있기 때문이야
궁금해요
어려워요
사람들이 질문하는 이유는, 도움을 요청하기 위함이니
선생님 도움이 필요해요
독자
질문을 잘 관찰하면 좋은 상품을 만드는데 도움이 돼
아하
오호라~ 질문이 아이템 구체화의 힌트인 것이네?!
맞아!

인스타그램과 블로그, 이메일을 통해 저에게 꾸준히 들어오는 질문들이 있습니다.

퍼스널 브랜딩, 이미지 세팅 어떻게 해야 하나요? 마음이 힘들 땐 어떻게 이겨내세요? 수익화를 하려는데 이렇게 하면 될까요? 창업을 처음 시작할 땐 어떻게 해야 해요? 등….

질문을 통해 사람들이 궁금해하는 포인트를 발견할 수 있었고, 이를 활용해 상품을 만들어서 제공했죠.

완벽한 시작의 함정

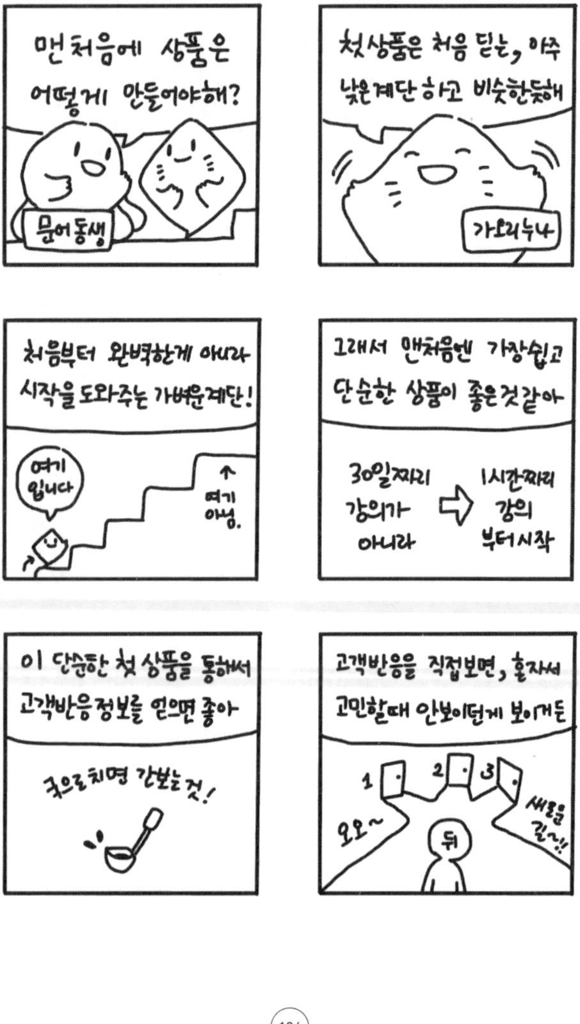
맨처음에 상품은
어떻게 만들어야해?
문어동생
첫상품은 처음 딛는, 아주
낮은계단 하고 비슷한듯해
가오리누나
처음부터 완벽한게 아니라
시작을 도와주는 가벼운계단!
여기 입니다
여기 아님.
그래서 맨처음엔 가장쉽고
단순한 상품이 좋은것같아
30일짜리 강의가 아니라
1시간짜리 강의 부터시작
이 단순한 첫 상품을 통해서
고객반응정보를 얻으면 좋아
국으로 치면 간보는 것!
고객반응을 직접보면, 혼자서
고민할때 안보이던게 보이거든
1
2
3
오오~
뒤
새로운 길~!!

이방향으로 살짝 바꿀까?
조금더 디테일을 더할까?
아.. 이건 해보니 별로네..
고객 반응
공부와 고민
행동
그렇게 다음스텝으로 나아가는 것이지!
포인트는 경청하는 태도가 만들어진다는것! 아무래도 별로 힘을 안들이고 만들면
I'm listening ~
상품에대해 아주 열린마음으로 경청할 수 있거든!
억지로 노력하는게 아니라
가볍고 즐겁게 경청!

저는 완벽하게 만들어서 짜잔! 하고 보여주는 걸 좋아하는 사람이에요. 하지만 아이러니하게도 열심히 하면 할수록 사람들의 의견을 경청하기가 힘들어졌어요. 경청이 어려워지면 구매자와의 소통이 힘들어지고, 결국 사업이 어려워질 수밖에 없습니다. 그러니, 완벽하게 시작하겠다는 마음은 내려놓고 가장 가벼운 형태의 상품을 만든 후에 주변의 의견을 경청해보는 것은 어떨까요?

“

이젠 무엇을 하더라도
시작 기간이 있다고 생각해요.
시작 기간에는 스스로를 깍두기 취급해요.
실수해도 괜찮고, 잘 몰라도 괜찮고.

”

자꾸만 조급해지고 불안하다고? 나도 그래.
아, 정말? 나만 그런 게 아니구나!
Beer
Beer

7장

지속 가능한 창업을 위하여

참지 말고 즐기면서

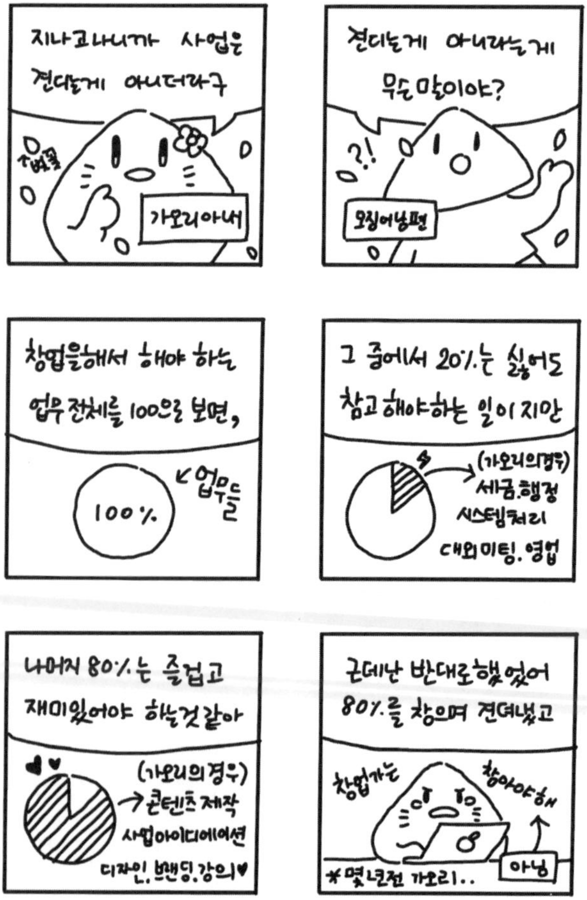

지나고나니까 사업은 견디는게 아니더라구
가오리아내
견디는게 아니라는게 무슨말이야?
?!
오징어남편
창업을해서 해야 하는 업무 전체를 100으로 보면,
100%
업무들
그 중에서 20%는 싫어도 참고 해야하는 일이지만
(가오리의경우)
세금.행정
시스템처리
대외미팅.영업
나머지 80%는 즐겁고 재미있어야 하는것같아
(가오리의경우)
콘텐츠 제작
사업아이디에이션
디자인.브랜딩.강의
근데난 반대로했었어 80%를 참으며 견뎌냈고
창업가는
참아야해
아님
*몇년전 가오리..

나머지 20%만 즐기면서
했던것 같아...
드디어 내가
좋아하는 업무♥
그렇게 견디니까 어느순간
숨이 잘 안쉬어지더라구
어헉
억
*공황초기 증세
생각해보면, 하고싶은걸
하려고 창업을 하는거니까
취업
창업
선택♥
견디는게 아니라 즐거워지는
방향이어야 하는게 아닐까?
아하

아무리 힘들어도 꾹 참고 견디다 보면 언젠가 보상을 얻으리라고 생각했는데, 정작 저를 찾아온 것은 공황 초기 증상이었어요. '원하는 일을 하고 싶다'라는 마음으로 창업을 결심했던 처음과는 전혀 다른 결과였죠.

지금은 무작정 견디려고만 하지 않아요. 그렇게 생각할 수 있도록 주변 환경을 조성하는 게 중요한 것 같습니다.

'적당히' 효과

난 사업할때 뭐든지 미친듯이 열심히 했었어
초사이어인
가오리~
화륵~
*과거 가오리
하지만 이제는 그렇게 하지는 않고있지.
CHICK
가오리아내
엥? 이제 사업을 열심히 안한다고?
오징어남편
아니, 열심히는 하는데 적당히만 열심히 해~!
적당~
적당~
만약 내가 노력할수 있는 최대치가 ~150%라면
0 50 100 150 200
성과X
아픔
빈둥
노력의 게이지
평소에는 60% 정도만 노력 하려고 완급조절 하는거지
이쪽 이쿤
평소 (ex) 콘텐츠 발행)

그리고 위기나 기회가 오면
이때다 싶은(?) 마음으로..
위기
예) 슬럼프
기회
예) 협업 제안
미친듯이 150% 집중해서
변화를 확 이끌어 내는 것이지
얍!
위기
JUMP!
기회
그러면 평소엔 안정적이고
편안하게 일하면서도
CHICKEN
위기나 기회에 활용할
에너지도 남아있더라구♥
소듕~
아하~
에너지

저는 모 아니면 도라고 생각하는 사람이었어요. 하지만 사업을 하면서 '꼭 둘 중 하나만 선택해야 하는 걸까?' 하는 의문이 생겼죠.

어느 한쪽에 치우쳐 살다 보면 정말 중요한 것을 놓칠 수도 있으니까요. 적당히 열심히 했을 때 오히려 내 일상도 지키고, 일의 능률도 높일 수 있었어요. 그러니 '열심히'와 '적당히' 사이에서 균형을 잡으면서 살아가는 게 중요하다고 생각합니다.

감정이 사업에 미치는 영향

창업을 하다보면 정말 다양한 감정이 들더라구.
가오리아내
너는 창업을 하면서 어떤 감정들을 느꼈었는데?!
오징어남편
음.. 나는 설렘, 신남과 같은 긍정적 감정도 있었고
설렘
꺄~
신남
불안함, 두려움과 같은 부정적 감정들도 있었지.
ㅠ.ㅠ
불안
두려움
나는 이런 부정적 감정들을 창업에 집중하려고 모른척했어
난 좋은것만 볼래♥
ㅠ.ㅠ
모른척
그랬더니 오히려 창업에 집중하기 어려워졌었지..
두려움
불안
깔림

부정적 감정을 관리 못하면
현명한 판단이 어렵거든
나.. 왜살지?
↑좌: 불안
우: 두려움↑
창업을 할수록 알게되었어.
감정관리가 중요하단 것을.
~collaboration~
감정관리
업무처리
1인 기업을 하면서 박터는
명상, 독서, 산책을 챙기며
감정을 관리하고 있지.
생각보다 인간은 감정적인
동물이더라구! 창업가들도
결국 마찬가지 아닐까?
그런듯!
감정들

감정관리가 이렇게 중요한지 몰랐어요. 저는 그냥 참으면 되는 줄 알았거든요. 그런데 좋은 면만 보려고 노력하면 할수록 오히려 부정적인 감정들이 점점 커지더라고요.

이제는 부정적인 감정이 들어도 '그럴 수 있지' 하면서 넘어가려고 해요. 부정적인 감정들도 인정하고 챙겨줘야만 건강하게 일을 지속하는 힘이 되고, 성과를 낼 수 있다는 것을 알게 됐거든요.

사람들은 이해하지 못할걸?

니가 창업을 한다고? 헐. 잘안될것 같은데..
나가면 지옥이야.
나댄다;;
글쎄..
상사
건너건너 지인
친척
...라고 사람들이 내게 말했었지. (몇년전에)
지금은 아니지만
예전에...
가오리아빠
진짜? 창업한다고 하니 사람들이 널 무시했었구나.
속상했겠네
오징어남편
응. 그래서 상처도 받았는데 지나고나니 이런생각이 들었어.
아ㅋㅋ 원래 창업을 시작할땐 이해받기 어렵구나!
창업은, 내 스스로 멋진 미래를 개척하는 일인데..

문제는, 시작하는 상황에서 그 미래를 설명하기 어렵다는 것.
창업가
사람들
특히 평범하게 직장 다니는 분들 입장에선 이해하기 어렵지
창업가
사람들
내 머리속에 들어갔다 나오지 않는 이상, 어떻게 알겠어?
내 머리속엔 분명 멋지게 있는데..
창업을 시작할때 모두에게 이해 받을수도, 받을필요도 없고, 그냥 결과를 보여주면 되는게 아닐까?
내가 말한거야~
!!

창업한다는 사실을 처음 주변에 알렸을 때, 저의 역량을 의심하는 사람들이 많았어요. 대부분의 사람들이 제 사업이 잘 안 될 거라고 생각했죠.

왜냐하면, 사람들은 제가 무엇을 만들고 싶은지 잘 몰랐거든요. 적어도 제가 세상에 무언가를 내놓기 전에는요. 직접 해보기 전에는 아무도 결과를 알지 못해요. 그러니 사업 전에 사람들을 이해시키기보단 결과물로 보여주면 된다고 생각해요.

조언은 조언일 뿐 오해하지 말자

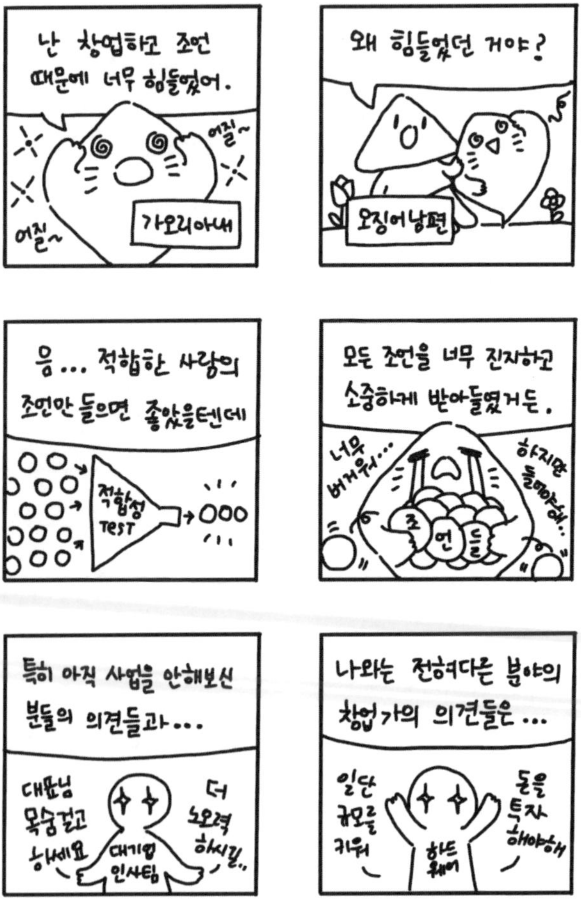
난 창업하고 조언 때문에 너무 힘들었어.
어질~
어질~
가오리아내
왜 힘들었던 거야?
오징어남편
음... 적합한 사람의 조언만 들으면 좋았을텐데
적합성 TEST
모든 조언을 너무 진지하고 소중하게 받아들였거든.
너무 버거워...
하지만 들어야 해...
조언들
특히 아직 사업을 안해보신 분들의 의견들과...
대표님 목숨걸고 하세요
더 노오력 하시길..
대기업 인사팀
나와는 전혀다른 분야의 창업가의 의견들은...
일단 규모를 키워
돈을 투자 해야해
하드웨어

오히려 나를 너무 혼란스럽게 했던 것 같아
더 열심히...?
얼마나 더...?
투자? 규모?
지금은 잘 모르겠는데..
물론 그 분들은 내게 도움을 주려고 하셨단것을 알아.
이렇게 말해주면 도움되겠지
뿌듯~
하지만 처음으로 돌아간다면 비슷한 사업을해본 분들의
조언을 우선순위 높여서 듣고 관련분야 책을 읽을 것 같아.
1
2
조언
책

이왕이면 잘하고 싶었기 때문에, 저는 모든 조언을 들으려고 노력했어요. 하지만 더 열심히 살아야 한다는 충고와 일단 무조건 규모부터 키우라는 조언은 제게 안 맞는 옷 같았어요. 지나고 나서 생각해보니 그 조언에 대한 결정권자는 저였는데, 그땐 미처 알지 못했어요.

이제는 알아요. 조언해주신 분들의 선의에 감사한 마음을 갖되, 내게 필요한 내용만 받아들이면 된다는 것을.

내 몸에 꼭 맞는 창업

직업은 어떤 일을 할까 고르는 것이 아닌것 같아.
??
A
B
가오리아내
오잉? 엄청 신중하게 잘골라야 하는거 아냐?!
오징어남편
고른다기 보다는 나에게 그냥 맞춰버리면 되더라구
custom
사실 직장에선 직업을 내게 맞추긴 좀어려운 일이잖아.
시키는데
어뜨케..
TOT
직장인 가오리
근데 창업을 하면 직업을 내 성향에 맞출수있더라구
물론 그냥 창업하면 알아서 내게 맞춰지는건 아니지만

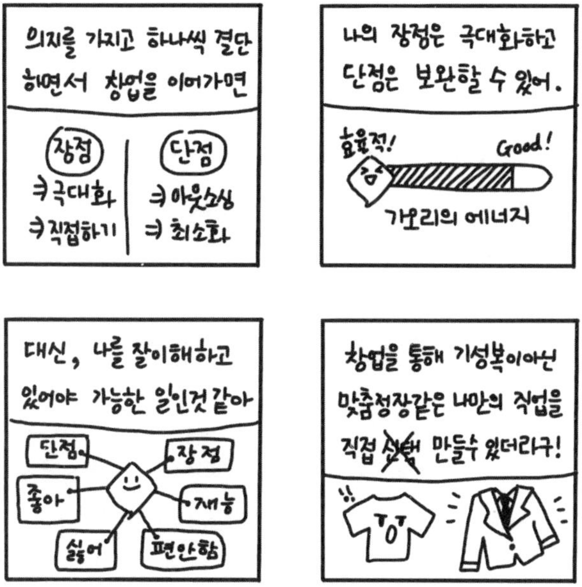

의지를 가지고 하나씩 결단 하면서 창업을 이어가면
장점
→ 극대화
→ 직접하기
단점
→ 아웃소싱
→ 최소화
나의 장점은 극대화하고 단점은 보완할 수 있어.
효율적!
Good!
가오리의 에너지
대신, 나를 잘 이해하고 있어야 가능한 일인것 같아
단점
장점
좋아
재능
싫어
편안함
창업을 통해 기성복이 아닌 맞춤정장같은 나만의 직업을 직접 ~~선택~~ 만들수 있더라구!

디자이너로 취직했을 때도, 퇴사 후에 그토록 원하던 창업을 하게 됐을 때도 꿈을 이뤘다는 생각은 들지 않았어요. 하면 할수록 지쳐가고, 시간은 없고, 에너지는 바닥을 치다가 결국 건강이 망가져 버렸죠. 그제야 깨달았어요. 취직한 회사도, 창업한 회사도 제 꿈을 이루어주지는 못한다는걸요. 제 꿈의 책임자는 바로 저였어요.

그만둘 수 있는 용기

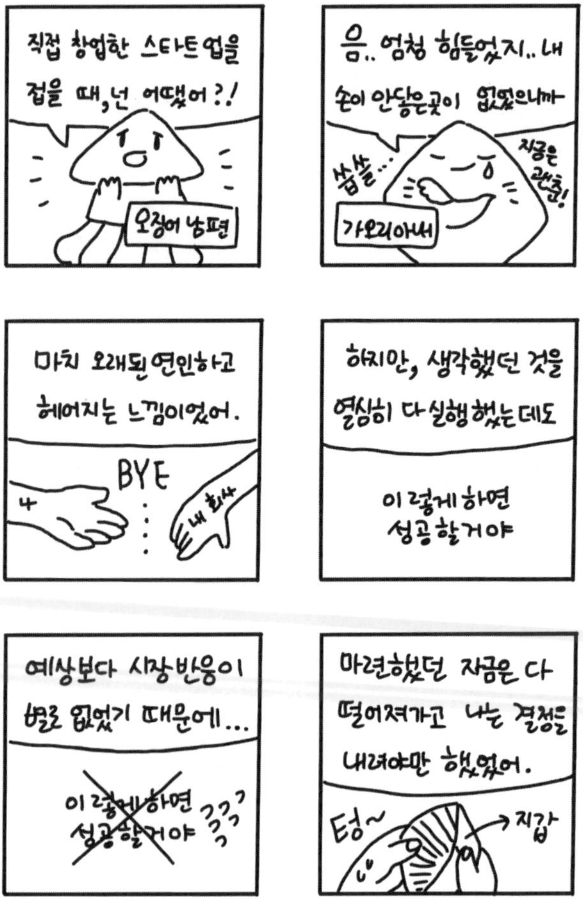
직접 창업한 스타트업을
접을 때, 넌 어땠어?!
오징어 남편
음.. 엄청 힘들었지.. 내
손이 안닿은곳이 없었으니까
씁쓸...
지금은 괜찮!
가오리아내
마치 오래된 연인하고
헤어지는 느낌이었어.
BYE
나
내 회사
하지만, 생각했던 것을
열심히 다 실행했는데도
이렇게하면
성공할거야
예상보다 시장반응이
별로 없었기 때문에...
이렇게하면
성공할거야
ㅋㅋㅋ
마련했던 자금은 다
떨어져가고 나는 결정을
내려야만 했었어.
텅~
지갑

더 갈것인가,
여기서 그만둘것인가
최선을다해 고민후, 그만두기로
결정했고 그 과정이 꽤
힘들었지만 잘마무리했어
회사..
안녕..
근데 다 지나고보니,
이런 생각이 들더라구.
사업을 그만두는 것도 꽤
용기 있는 행동아닐까?
지금까지
사업접으신
분들이 대단
하게 느껴졌어.

회사를 접을 땐 오래된 연인과 헤어지는 느낌이었어요. 모든 짐을 빼던 날, 저는 텅 빈 8인실 사무실에서 펑펑 울었어요. 그렇게 저는 1인 기업으로 새 출발 했지요.

정리하는 과정은 참 힘들었지만, 다 끝나고 나니 이런 생각이 들었어요. 그만두는 것도 용기구나. 어차피 인생은 계속되는걸요. 그만둬야겠다는 생각이 들었을 때, 그만두는 것도 용기입니다.

창업은 나를 알아가는 과정

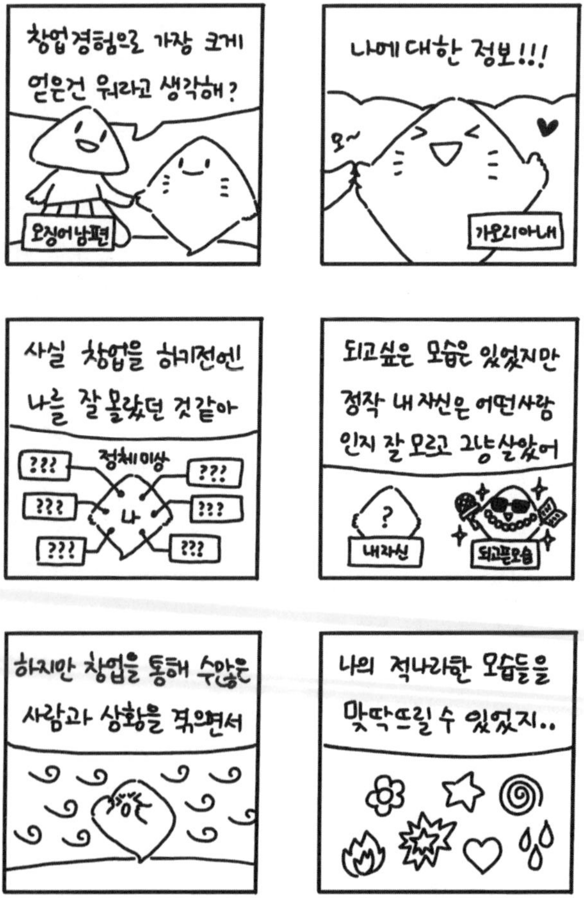
창업경험으로 가장 크게 얻은건 뭐라고 생각해?
오징어남편
나에 대한 정보!!!
오~
가오리아내
사실 창업을 하기전엔 나를 잘 몰랐던 것 같아
정체미상
???
???
???
???
???
???
나
되고싶은 모습은 있었지만 정작 내 자신은 어떤사람인지 잘 모르고 그냥 살았어
?
내자신
되고픈모습
하지만 창업을 통해 수많은 사람과 상황을 겪으면서
나의 적나라한 모습들을 맞딱뜨릴 수 있었지..

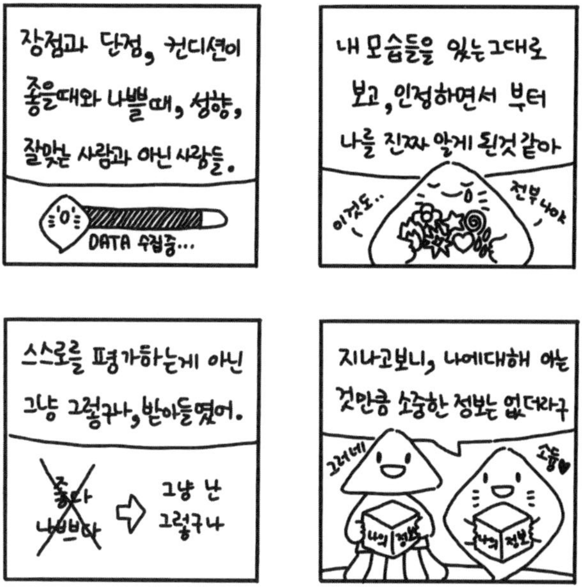
장점과 단점, 컨디션이 좋을때와 나쁠때, 성향, 잘맞는 사람과 아닌 사람들.
DATA 수집중...
내 모습들을 있는그대로 보고, 인정하면서 부터 나를 진짜 알게 된것같아
이것도..
전부 나야
스스로를 평가하는게 아닌 그냥 그렇구나, 받아들였어.
좋다 나쁘다
그냥 난 그렇구나
지나고보니, 나에대해 아는 것만큼 소중한 정보는 없더라구
그러네
소중♥
나의 정보
나의 정보

예전엔 내가 어떤 사람인지 잘 모르면서, 그냥 되고 싶은 모습만 있었던 것 같아요. 막연한 목표만 가지고 무작정 노력해온 것이지요. 이제는 나 자신만을 위한 사업 구조를 짭니다. 나의 능력을 잘 활용해야 성과가 높아질 테니까요.

창업은 저를 가장 많이 알게 해준 소중한 경험이었어요. 깨지고 부딪히고 성취하고 실패하고 울고 웃으며, 나에 대한 많은 정보를 습득할 수 있었지요.

“

그만둬야겠다는 생각이 들었을 때
그만두는 것도 용기입니다.
어차피 인생은 계속되고,
또 다른 기회를 만날 거예요.

”

네가 그 누구보다 진심이었다는 걸 나는 알아.
고마워.
넌 진짜 멋진 애야

에필로그

비하인드 스토리

준비한 내용은 끝났지만 아쉬우니까(?) 소소한 QnA를 준비해 보았습니다
Q. 주인공 캐릭터는 왜 가오리 인가요?
가오리를 태어나서 처음 본날, 하늘을 나는 것같아서 한참을 보고 있었어요.
그런 가오리의 모습처럼 창업가들이 자유로웠으면 하는 마음을 담았습니다
뀨?
Q. 따돌림 이야기를 왜 넣으셨는지 궁금합니다
가장 큰 이유는 어떠한 결핍이나 트라우마가 우리를 막지 못한다는 이야기를 하고싶었고
같이가자!
트라우마

그리고 "창업가"라는 단어가 가진 환상을 깨는데 도움이 될 이야기라고 생각했어요
빠샤!
창업가 이미지
창업가는 다양할 수 있다!
Q. 지금은 어떤 사업을 하고 계신가요?!
지금은 디자인과 창업에 관련된 교육을 하고 있어요
디자인
좋아하고 잘하는 것
창업
강사이자, 작가이자, 콘텐츠 제작자이며, 디자이너이자, 사업가로 살아가고 있습니다
정의가 어려운 나만의 직업
맞춤정장S+
책으로 만나뵙게 되어서 영광이었습니다. 앞으로 온라인에서 계속 만나요
괜히
울크
건강하고 자연스러운 창업을 응원합니다♥
감사합니다
또 봐요~!

감사의 말

이 책이 나오기까지 도움을 주신 분들이 참 많이 계십니다. 만약 제가 운 좋게 이분들을 만나지 못했다면, 이 책은 세상에 나올 수 없었을지도 모릅니다.

늘 옆에서 지켜봐 주고 격려해주는 일등공신 조력자 우리 남편에게 감사합니다. 남편은 제 결정을 망설임 없이 지지해주는 고마운 사람입니다. 사업을 하며 힘든 시간들을 견딜 수 있었던 이유는 모두 남편 덕분입니다.

정신적으로 무너졌을 때, 제 편이 되어준 사람들이 있었습니다. 다시 회복할 수 있도록 도와주고 기다려준 순간랩 선생님들, 건강한 사업이 가능하다는 것을 일깨워주신 콘텐츠 마케팅의 대가 신태순 작가님, 제게 책 쓸 용기를 불어넣어 주신 아라고 작가님, 내 일처럼 생각해준 바나나 친구들, 나의 오랜 친구 유나 언니. 고맙습니다.

저의 선택을 믿음으로 지지해주시는 부모님, 친구처럼 동료처럼 늘 함께해주는 사랑하는 오빠와 남동생, 그리고 이 책이 세상에 나올 수 있게 해주신 마인드빌딩 서재필 대표님과 양수빈 편집자님께 감사드립니다. 좋은 출판사와 함께할 수 있어서 영광이었습니다.

그리고 온라인에서 제 만화를 봐주시고 응원해주시는 분들이 계십니다. 저는 그분들을 아기 가오리와 꾸준히 가는 사람들, 아꾸님들이라고 부르지요. 우리 아꾸님들께 진심으로 감사드립니다. 여러분들이 제 만화를 봐주지 않으셨다면 불가능한 일이었어요. 고맙습니다.

앞으로 꼭 한번 실행을 해보고 싶은게 있으신가요?
궁금해요!
나
오. 그렇군요~! 왜 그것을 실행해 보고 싶으신가요?
이유를 알고 싶어요
나
넉넉해도 좋아요. 기간은 언제까지 실행해볼 건가요?
무리는 NO!
나

이 과정을 "선언 하기" 라고 불러요. 추상적인 목표를 구체화시키는거죠.
실행력 UP!
자주쓰는 방법
가능하다면, 이 만화를 핸드폰으로 찍어서 주변 사람들에게 보여주거나
찰칵!
6컷
온라인에 나의 다짐이 적힌 이 6컷의 만화를 올려보세요
instagram
*실행을 안할수 없어짐
이것만으로도 실행력이 올라가는것을 느낄수 있을거예요. 여러분의 시도를 응원합니다!!

작가의 추천 도서

창업에 대해 더 공부해보고 싶은 분들을 위해 제 인생 책 3권을 추천합니다. 아래의 책들은 창업에 대한 선입견을 깨주었고, 더 넓은 시야를 선물해 주었습니다.

1) 나는 4시간만 일한다 | 팀페리스 | 다른상상

죽을 만큼 열심히 일해야만 돈을 벌 수 있다는 선입견을 깨준 고마운 책입니다. 이 책을 읽고 나서 제 사업 방향은 완전히 달라졌습니다. 세계적인 부자 팀 페리스의 '최소한만 일하고 원하는 대로 사는 방법'이 궁금하시다면 읽어보시기를 추천합니다.

2) 게으르지만 콘텐츠로 돈은 잘 법니다 | 신태순 | 나비의 활주로

작은 규모로 실험하며 안전하게 사업하려면, 온라인 콘텐츠를 잘 활용하는 것이 매우 효과적입니다. 돈이 들지

않고, 잠재 고객을 모을 수 있으며, 시간이 지날수록 콘텐츠가 쌓이기 때문입니다. 온라인 콘텐츠에 관심이 있으시다면, 콘텐츠 마케팅의 대가 신태순 작가님의 책을 읽어보세요.

3) 확신 | 롭무어 | 다산북스

사업을 하다 보면 정신적으로 지칠 수 있습니다. 해야 할 것도 모르는 것도 너무 많기 때문입니다. 그럴 때, 저는 이 책을 읽으며 소모적인 자책을 멈추고 다시 시도할 수 있는 용기를 얻을 수 있었습니다. 여러분도 이 책을 통해 젊은 백만장자 롭 무어의 강력하고 긍정적인 에너지를 받을 수 있으리라 예상합니다.

우리 온라인에서 계속 만나요!

추가 영상 강의를 준비했어요.

혹시 더 디테일한 창업 내용이 궁금하지 않으신가요? 여러분들을 위해, 창업에 대한 짧은 영상 강의를 준비했습니다. 자세한 참여방법은 아래 글을 읽어주세요.

* 영상강의 어떻게 볼 수 있나요?

오른쪽 큐알코드를 핸드폰으로 비추시면,
참여 방법 안내를 읽어보실 수 있습니다.
https://blog.naver.com/bolimlee22

인스타그램으로 만나요!

오른쪽 큐알코드를 핸드폰으로 비추시거나
아래 인스타그램 계정으로 찾아오세요.
@changdi.designer

소심한 가오리도 창업합니다

평범한 사람의 보통 창업 이야기

초판 1쇄 발행 2021년 11월 30일

지은이 창디
펴낸이 서재필
책임편집 양수빈
책임마케터 박소민
펴낸곳 마인드빌딩
출판등록 2018년 1월 11일 제395-2018-000009호
전화 02)3153-1330
이메일 mindbuilders@naver.com

ISBN 979-11-90015-67-7 (03810)

• 책값은 뒤표지에 있습니다.
• 잘못된 책은 구입하신 곳에서 바꿔드립니다.

마인드빌딩에서는 여러분의 투고 원고를 기다리고 있습니다. 출판하고 싶은 원고가 있는 분은 mindbuilders@naver.com으로 기획 의도와 간단한 개요를 연락처와 함께 보내주시기 바랍니다.